# ツンマゾ!?
# 最強ドMな魔王サマ

葉原 鉄

illustration◎神無月ねむ

えすかれ
美少女文庫
FRANCE SHOIN

# 最終血戦　漆黒の魔王と捨て身の勇者

魔王の城は難攻不落である。

魔族の強大さを差し引いても、刺々《とげとげ》しく天を衝く城そのものが堅牢の極み。城壁から本丸にいたるまで頑強な造りで、いかなる攻城兵器も通用しない。

ただ硬いばかりか、鳳凰《ほうおう》石による自然修復力も備えている。

だがその堅牢さは敵襲に備えるものではないという。

最大の脅威は内からやってくる。

「――震えよ」

魔王の一言で城が激震し、玉座の間に雷撃の柱が林立した。

十本や二十本ではない。一軍がすっぽり収まるほどの広間を埋めつくす様は、まさしく万雷。光の乱舞に視界が白く染まる。轟音が脳を揺さぶる。

だが――ウィルは全力で駆け抜けていく。

恐れることなどなにもない。雷撃は手にした剣が吸い尽くしてくれる。

「この《百竜の剣》には貴様らに殺された竜たちの無念が宿っている……雷竜王すらくだらないお遊びの餌食となった！」

剣を軍配のごとく振るえば、すべての雷光が意のままにうねった。天空の主とも呼ばれた竜王の力が万雷を破魔の軍勢に変える。

「雷竜王の怒りを思い知れェ!!」

裂帛《れっぱく》の気合いとともに雷軍を前方へ解き放つ。

行く先は玉座。そこに座した漆黒の巨人。禍々《まがまが》しく造形された面頬が微動する。

「――ねじれよ」

玉座の間がぐねりと歪んだ。

ウィルの視界全体がたわみ、自分の体が不自然に折れ曲がって見えた。痛みではなく皮膚の突っ張る違和感に鳥肌が立つ。

「くッ……！」

前方に生じたのは、空間をねじ曲げるマーブル模様の渦。

雷は歪曲の襞に呑みこまれて消える。城がきしみをあげ、壁や床や天井に亀裂が入っていく。城外から聞こえる地響きは、空間の歪みに大地が裂けているため——ウィルは直感的にそう理解した。

放っておけば、自分の体が布きれを丸めたみたいに潰される——これも直感。

当然、動くのも直感任せ。

「引き裂け、群竜のあぎとォ！」

渾身の力で《百竜の剣》を振り下ろす。上下の感覚すら失われようと、筋骨に染みついた動作は衰えない。その剣勢に竜魂たちが荒れ狂う。

ばおぉうッ、と剣から噴き出した竜気が歪んだ空間をみじん切りにした。

反動で腕がきしむ。火傷《やけど》しそうに熱い。毛細血管が破裂している。

それでも視界は元に戻った。

裂け目が無数にできた広間の最奥——漆黒の巨人の目元が光った。

「ッ…………！」

息ができない。心臓が握り潰されるような心地。しかしそれは魔王にとって、ただ見たというだけのことだろう。並みの人間なら魂ごと消し飛ばされる生粋の邪眼。

だが、身につけた《明星の鎧》が光を放って呪詛《じゅそ》を打ち消す。

足を止めるなと、神の威光の宿った鎧が激励しているのだ。

「魔王――ラズルシア！」

景気付けの怒号――その呼びかけに、傲慢なる魔族の王は粛々と応じた。

「ウィルベール・ヒンリクタス――勇者」

面頬の隙間から遠雷のごとき重低音と赤黒い妖霧が漏れ出す。それすら殺戮の呪詛となりうるが、鎧の輝きがウィルを守っている。

そして、ついに魔王は重い腰をあげた。

（ようやく本気か……！）

黒光りする重装甲に包まれた魔王は見あげるほど大きい。

いくら鍛えたとはいえ、二十歳未満のウィルの背丈は成人男性の平均程度。巨体の魔王とくらべれば半分にも満たない。

だが、怖じ気よりも昂揚感に血が騒ぐ。竜魂を宿した剣と光り輝く鎧は、きっと神の威光を振りかざすかのようだろう。魔王と向かい合う姿は、まさしく光と影。

――負けてなどいない。

距離は残り三十歩。ますます魔王が大きく見えるが、気圧されはしない。

体の大きさがどれほどのものか――俺はドラゴンの憤怒を手にし、神々の祝福をまとい、人類の希望を背負っているのだから。

「俺は貴様を殺すためだけに生きてきた……！」

距離は残り二十歩。殺すには充分な間合いだ。

もう思考はいらない。ただ力と衝動に身を預ける。剣に宿る竜魂たちの加護が筋力を何倍にも増幅させる。太ももとふくらはぎに破裂寸前の負荷がかかった直後、ウィルは疾風となった。

魔王との距離を瞬時に消し飛ばす。眼前に漆黒の巨人。

「せりゃあぁぁああああああ！」

がむしゃらに斬った。太刀筋が網状の残像となり敵を包みこむほどに。

反撃の余地など与えない。全身全霊をかけて切り刻むためだけの存在となる。

魔王はまるで動けない。延々と斬られる一方。

(斬る！　速く！　斬る！　何度も！　斬る！　斬る斬る斬る斬る斬るッ！)

ウィルはもはや斬欲の虜だった。

だから、斬る。刃を走らせ、肉も骨も分断すべく。加速を阻む空気の壁すら突き破り、衝撃波を振りまいて――斬る！

ギャギャギャギャギャギャギャッ！

鎧の奏でる金属音は耳が痛くなるほど激しい。

それでもなお、ウィルの耳を深く貫くのは、魔王の低い囁きだった。

「ある種の蝿は……音より速く飛ぶのだという」

その声はあまりにも禍々しい。ウィルの停止した思考を揺さぶるほどに。

——平然と……しゃべってる？

思考を追って感情が蘇る。寒気が全身を襲う。

ウィルはかつてこの猛攻で大魔獣《ベヒモス》すら微塵切りにした。なのに魔王の鎧には傷ひとつついていない。衝撃にぐらつくこともない。

「蝿がどれほど速く飛んだところで、山を崩せると思うておるか」

魔王の腕が動いた。どれだけ斬られても動きが乱れることはない。

山がそよ風を浴びるかのように、泰然。

岩塊のような胸の前で両手ががっちりと噛み合う。

「大山が鳴動するぞ——備えよ、小蝿」

両手の隙間から闇色の閃光が噴き出す。

その矛盾した光がウィルの胸を殴りつけた。

「がはッ……！」

視界が一瞬闇に染まり、気がつくと吹っ飛ばされていた。体勢を立て直して着地した場所は広間の端。巨人が豆粒に見える。

闇色の閃光は無限射程の槍となって無造作に城を刻んでいた。それどころか魔都に立ち並ぶ鋼鉄の塔を断ち切り、地面すら貫いて——

世界が、鳴動した。

大地が揺れ、大気が震え、天が唸りをあげる。

遠く聞こえる爆音は火山の噴火か。

「世界を壊すつもりか……！」

「小蝿とはいえ魔王に剣を当てた勇者——敬意を表し、本気をくれてやろう」

ぐ、ぐ、と溶岩が煮立つような音は、おそらく笑い声。

魔王は楽しんでいる。この戦いを、全力を解放することを。たとえ世界が壊れようと、遊戯の最中でアリを踏みつぶすほどにしか感じないだろう。

「ふざけるなぁ……！」

ウィルは怒りのままに吐き捨てた。

途方もない力への恐怖はある。力を尽くす喜びへの共感もある。だがそれらすべてを上回る憤怒と使命感が全身を熱くした。

「世界は、関係ないだろう……！　おまえひとりの気まぐれのために、人間もドラゴンも苦しんできたのに……！」

魔族に怯える人々の顔が脳裏によぎった。

家族を奪われた者たちの嘆きが耳に蘇る。

闇大陸で搾取される奴隷のような人間たちの姿が目に浮かぶ。

そして、狩り殺された竜の無念が剣から伝わってきた。

——我らが主ウィルベール・ヒンリクタスに百竜のすべてを捧ぐ……！

どれほど無念に思おうが、彼ら自身には魔王を討つすべがない。

ひとりの人間に託すほかに無念を晴らすすべがない。

「終わるのは世界じゃない……魔王ラズルシア、おまえだ！」

「蝿の一匹になにができるか見物よのう」

「ひとりじゃない！　百竜とすべての人間だ！」

ウィルは最大の一撃を放つべく剣の柄を両手で持った。

必要なのは連撃ではない。すべてを一瞬に注ぐ覚悟と集中力だ。

魔王の掌中で闇の光が球状に凝縮されつつある。放たれれば世界が砕けるかもしれない。狙う場所はそこだ。

——その先に心の臓がある。

駆けた。音より速く。

馬鹿でかい広間でたっぷり助走をつけ、

「ぉおおおおおおぉぉおおおおぉおおおおおおッ！」

跳んだ。巨人の胸元めがけて。

ぐ、と魔王が笑い、おもむろに両手を突き出す。

「ぬぅうぅぅぅん……！」

闇の塊が怒濤の奔流となって放たれた。

《百竜の剣》の切っ先が闇の洪水と真っ向から激突する。

世界を滅ぼすほどの圧力がかかる寸前、竜気の牙が闇の閃光に食らいつく。雄叫びをあげて押し返し──《明星の鎧》が輝きを増す。神々の加護が竜気を後押しして、魔王の果てなき闇の力と拮抗した。

「ほう！」

漆黒の鎧からこぼれる声は愉悦に染まっていた。

鳴動する世界の中心──勇者と魔王、せめぎ合う光と闇の余波が魔城を破壊していく。引き裂き、打ちつけ、粉砕する。鳳凰石の修復力も間に合わない。

天井が破れ、引き裂かれた雲間から闇色の光が差しこんだ。

それは容赦なくウィルの背を焼く。

「があああッ……！」

魔族の力の源──《闇の太陽》が黒々と矛盾した輝きで大地を照らしている。

ここは闇大陸。魔族の世界。魔王の力場。太陽すら魔のためにある。

だが《明星の鎧》が金色の光で闇の光とせめぎ合ってくれた。

その反発力で、ウィルは前方へとさらに推進する。

「むぅ……！」

魔王がうめく。手元の闇が《百竜の剣》に押され始めていた。

「十年……この日のために生きてきた！」

ウィルはさらに剣を押しこむ。竜たちの力に光と光の反発力を加えて――人間たる自分の力を上乗せした分だけ、魔王を凌駕していく。

十年間、死にものぐるいで培ってきた力だ。

孤児であったウィルが《竜の郷》に拾われてからの年数である。

「俺はただ、貴様たちを倒すためだけに生きてきた！」

骨肉が粉砕しそうな衝撃にも、構うことはない。魔族を討ち滅ぼす者になること以外、ウィルにできることはないのだから。

遊びも恋も知らない。友達も恋人もいない。

ただ、尊敬できる師がいた。信頼できる仲間がいた。強い気持ちがあった。

――絶対に魔王を倒そう。

かつて村を焼いた魔族、その頂点に立つ魔王さえ倒せば争いが終わる。子どもに地獄を課して戦士に育てあげる《竜の郷》も変わっていくだろう。

きっとだれもが気楽に遊び、恋をして、幸せになれる時代が来る。

「この戦いは、俺が終わらせるんだ……！」

全身の筋肉がブチブチと音を立てる。歯嚙みした口に血の味がにじむ。喉の奥からか。内臓が限界だ。視界が赤いのは、眼球の毛細血管が破裂したから？

なんだっていい。ただ、力をこめる。刃を闇の奥へと押しこんでいく。

「地獄の道連れにだって喜んでなってやるぞ、魔王……！」

ウィルは血にまみれて笑みすら浮かべていた。

そのとき、なぜか——眼前にもよく似たほほ笑みがあると直感した。

「奇遇……いや、運命か」

魔王の声は低く、おぞましく、しかし嬉しげであった。

「地上に生まれ出《い》でて——敵と呼べるものと相まみえたことは一度もなかった」

闇の奔流もまた笑うように波打ったかと思えば、
パンッ……！

破裂して城を貫通し、魔都をズタズタに切り裂いた。

ウィルはたしかな手応えをもって、剣を振り下ろしていた。かつて試練で海を割ったときと同じ、全身が粉々になるような反動が来る。

「がっ、はぁ……！」

石畳に叩きつけられるが、どうにか意識を保って起きあがる。すでに全身の力は使い果たされ、膝が震えていまにもくずおれそうだ。

漆黒の巨人は微動だにせず――その正中線に、一本の裂け目が走る。

「――見事じゃ、勇者ウィルベール・ヒンリクタス」

パカッと黒い鎧が左右に分かれて床に落ちた。

はるか頭上で闇の太陽が爆ぜて消え、ごく普通の白い太陽が現れる。まさしく魔王を打ち倒した証だ。ウィルは白い光を体に浴びて感涙を流す。

「やった……ついに俺は、やり遂げたんだ……！」

潤んだ視界で、魔王の鎧から赤黒い霧が立ちこめて――

ふぁさ、と長い黒髪が艶やかに揺らめくのを、ウィルは愕然と目撃した。

鎧の中身にしてはあまりに小さい。ウィルよりも頭ひとつは短身だろう。

一糸まとわぬ肌は雪解け水を思わせる透明感。その一部が、丸っこい。胸のあたりにふたつ、小柄さに不釣り合いな豊かな肉がぶら下がっている。

「え、え……？」

わけがわからなくて、ウィルの声がかすれた。

現れたのはまるで人間の少女――左右の側頭部から生えた角以外は。

「まお……う？」

「左様！　第一〇八世魔王ラズルシアである！」

ぱっちりした目にほの赤い頬。笑みを浮かべた顔は可憐の一言。

雲間から差しこむ光を浴びれば、宝石のような汗が輝く。

神々しいほどのきらめきはまるで天使か女神。

「虫と変わらぬヒトの分際でよう戦った……わらわの完敗じゃ！　もはや戦う力は残っておらぬ！　思うままに処するがよい！　斬首か絞首か挽き潰しか！」

彼女の人差し指はいかなる短剣より細く小さく、愛らしい。ウィルの警戒心の隙間をすり抜け、胸の中心をトンと突く。

——ばぐんっ。

心臓がすさまじい勢いで跳ねる。動悸が止まらず、顔が熱くなって、思考がまとまらない。なんと強烈な呪いだろうか。

「なんたる間抜け面じゃ。どうした、勇者ウィル。聞こえておるのか？　おーい勇者ー、ウィルベール・ヒンリクタスー、鼓膜残っとらんのかー？」

それが呪いでないことなど、容易に気づけるはずがない。

遊びも恋も知らずに育った男が、この異変を理解できようものか。

勇者ウィルベール・ヒンリクタスは生まれて初めて恋に落ちたのである。

# I 奴隷魔王

## 乳揉みも中出しも正義の鉄槌なんだ！

魔王討伐の瞬間より逆転劇が始まった。

闇大陸の各地で虎視眈々と機を窺っていた人類軍が、魔貴族の支配地に雪崩《なだ》れこんでいく。魔族の支配下にあった現地民も呼応して一斉蜂起。

大陸の外からも増援が乗りこんでいるだろう。

魔族の力を何倍にも高める《闇の太陽》はすでにない。

「──しかれども、魔貴族はいまだ一騎当千。一進一退の戦況において、まことに遺憾ながら勇者ウィルベール・ヒンリクタス卿の保護に遣《つか》わす兵は……」

伝令の兵士は気まずそうに視線を泳がせている。

「構わん。俺なら問題ない」

ウィルは手の平を押し出して話を遮った。

魔城の外で待機している兵の気配は三十といったところか。魔貴族にはたやすく蹴散らされる数だが、すくなくとも魔都においては心配ない。魔都の猛将はウィルがすべて打ち倒して、残るは逃げ惑う有象無象ばかり。

「それより竜の郷の戦士たちは健勝か」

「はっ！　魔貴族攻略の陣頭で奮闘しておいでです！」

「彼らを信じて勝ち進め、太陽の光はいつも我らとともにある——元帥殿にはそう伝えてほしい」

伝令は目を感動に潤ませて敬礼し、玉座の間から退出した。

ウィルは一息ついて玉座に背を預けた。鎧姿の魔王専用なので、腰を下ろすには高々とジャンプしなければならない。いまはそれも面倒だ。

「やれやれですね……」

頭上から聞こえてくるのは、抑揚に欠けた退屈そうな口調だった。それでいて、小鳥のさえずりにも似た高音。

玉座に腰を下ろした彼女は、確認するまでもなく半眼で無表情なのだろう。

「これが人類史に名を残すであろう功労者への仕打ちでしょうか、ウィル坊や」

「兵三十でも多すぎる。城も城下も廃墟同然だっていうのに」

「娼館のひとつもあれば暇も潰せたでしょうね」

「ヒュドラ、またそういうことを……！」

声質は無感情なのに言うことが下品すぎる。

ヒュドラは玉座から飛び降り、ウィルの前に着地した。亜麻色の髪がふわりと揺らぎ、二本のたくましい角を露出する。

「それともボクが大人の遊びを教えてあげましょうか」

まぶたをなかばかぶせた目は、すこし扇情的だったかもしれないが——

「いや、ない。ヒュドラだけは絶対にない」

「これは心外。ボクの体にご不満でも？」

「不満というか、どう見ても子どもじゃないか」

まず彼女の背丈はウィルの胸ほどもない。下着ほどの面積しかない布で申し訳程度に隠された体は、話し方と同じく起伏がまるでない。

完全に童女の造形なのである。

薄い尻から伸びた金竜の尾が、あるいは一番艶めかしいのではないか。

「ふぅん、つまりふくよかな女性がいいと？」

「多少なりとも」

「つまりあの魔王のような」

「なっ！　おっ、あッ、おふふおッ！」

「落ち着きなさいな、人類最強サマ。図星だからって動揺しすぎ」

顔は無表情だし棒読み寸前の平坦口調だが、心では絶対に嘲笑している。ヒュドラはおおよそ慇懃無礼の塊だ。

「あいつは魔王だ！　俺はアイツを倒すために生きてきた！」

「ですが頬を染めてマジマジ見つめていたでしょう」

ウィルはとっさに言い返せず、ぐぅとうめく。

「ほ、頬はアレだ、戦いの後で興奮してたから！」

「昂ぶりを晴らすべく魔王を慰みものにしたかったと」

「俺の気持ちはそんなよこしまなものじゃない！」

「純粋な恋心？」

「えおあっ」

竜の郷で培った冷静な判断力すら失われるほど、ウィルの心は乱れている。魔王の素顔を見てから、ずっとこの調子である。

生まれて初めての昂ぶりだった。怒りでも憎しみでも殺意でもない。

なぜこんなにも怨敵が気になるのか。

頭のなかがこんがらがって、なんだかもう意味がわからない。

いっそ知能もなにもないスライムになりたい気分だ。

「とにかく……俺は魔王を倒すためだけに生きてきたんだ。恋なんて知ったことじゃないし、やつを倒して清々しい気分だ！」

「ならば重畳にございます、ボクのいとしきご主人さま」

彼女の体が透けていく。その気配は、ウィルが腰に佩《は》いた剣に移行する。

《百竜の剣》に内在する竜魂たちの集合意識体、ヒュドラ。彼女は最後にとびきりの皮肉を言い残した。

「ですが、それならなぜ魔王を生かしておくのです？」

ウィルのほうが訊きたいぐらいだった。

魔王にトドメを刺さなかった自分の気持ちが理解できない。

恋心などに惑わされる弱さが残っているはずがないのに。

「やってやるさ……今度こそ殺してやる」

剣を強く握りしめた。それが自分の生きてきた証だから。


人類が《百竜の剣》を手に入れたのは五十年前のこと。

とある騎士団が魔族の輸送団を倒して獲得した。正確には、交戦中にこぼれ落ちた剣が勝手に荒れ狂って、魔族を皆殺しにしたのだという。

本来それは剣として作られたものではない。魔王に虐殺された竜群の魂から鍛造され、怨嗟の歌を奏でる楽器となるはずだった。

だが憎悪の歌は刃となり、大いなる可能性を人類にもたらした。

——わが主たりうる者を育てよ。さすれば魔を討つ力を授けん。

魔族を憎むドラゴンと人間の利害は一致した。

そして作り出されたのが《竜の郷》である。

百竜の力を受け入れ、使いこなすためだけに、幼い子どもたちが地獄のような試練に突き落とされた。時が経つにつれて地獄は洗練され、人の体を作り変える秘薬すら生み出されていく。

最初の子どもたちが長《おさ》と呼ばれる頃、彼がやってきた。

名はウィルベール。

のちに処刑者《ヒンリクタス》の称号を得る少年である。


——百竜の加護を受けし五十年地獄の結晶。

そんなふうにウィルを形容する者もいる。

「いまさら、ほかの生き方なんてできるものか」

心にあるのは憎悪と地獄の煮こごり。

頭にあるのは使命感と正義感。

悪鬼の形相で階段を下りていく。

一時は半壊して風の遊び場となっていた城も、鳳凰石の作用で徐々に復元しつつある。魔都にのみ存在する鳳凰石は、魔王が不死鳥《フェニックス》を石に変えたものだという。

多くの幻獣が魔王により絶滅の危機に瀕した。

人類は魔族の影に怯えて生きてきた。

ならば魔王とは罪そのものだ。

地上九十七階の荘厳な扉を前に、ウィルは深呼吸で腹をくくった。

「入るぞ、魔王！」

扉を蹴り開ける。

抜き撃ちで首を切り落とすつもりだった。

なのに——そこに討つべき邪悪はいない。

天蓋つきのベッドに腰かけているのは、言うなれば、天使。

「扉は返事を聞いてから開けよ。作法を知らぬのかえ？」

精緻な細工の調度品がゆとりを持って配置された広い寝室。彼女はウィルに目もくれず、窓の向こうを物憂げに見つめている。ツンと尖った目つきは魔族らしい邪悪さよりも、流水のような清々しさを醸し出していた。

あどけない横顔だった。肩が小さく、腕は細く、背も低い。

ヒュドラほどではなくとも、穢《けが》れを知らぬ少女の造形だ。

背中に純白の翼が生えていれば、まさしく天使にふさわしい。

――いや、違う。

ウィルは頭を振って自分の迷いを断ち切った。

「おい、この天使！」

「天使？」

「て、天使に誓おう、おまえを絶対に許さないと！」

「当然じゃな。魔王をなぶり殺すのがそちの望みであろう」

彼女はようやく窓からウィルに目を移し、体を向けてくる。

たゆん、と揺れた。白い肉がふたつ。

「ぐっ……！」

ウィルは顔をそむけた。

「なんじゃ。いまさらわらわの邪視など通じるはずもなかろうに」

「そ、それを隠せ、バカ！」

「それ、とは？」

あの決戦後、城を漁って見つけたドレスを全裸の魔王に着せたのだが――

赤と黒を基調としたドレスは胸元が大きく切れこんでいる。

白い乳房が危ういところまで半露出状態。

ふしだらすぎる。なんたる邪悪か。

「貴様ぁ……！　小さいくせに大きいとはどういうつもりだ！」

「話が見えん。もうすこしわかりやすく言え」

魔王は前屈み気味に顔を寄せてきた。すると恐ろしいことに、重力に引かれた乳房がぶらりと垂れ下がる。清純な乙女のような姿でありながら、なんと冒瀆的な肉塊だろう。やはり魔王は悪だ。あらゆる罪悪の権化だ。

「む、わかったぞ。角か？　この角を警戒しておるのかえ？」

二本角を見せつけるように頭をクリクリ動かしてくる。子どもっぽい仕草だが、胸はプルプルと艶めかしい。混乱する。

魔王とはなんと正体不明の怪物なのだろうか。

『ちょっと落ち着いてください、童貞野郎』

ヒュドラに呆れられた気がした。

魔王はフンッと鼻で笑い、のけ反り気味にウィルを見下す。無骨な首輪と手枷をつけられ柱に繋がれていながら、依然として支配者気取りである。

「わらわを討ち倒した者がこんな臆病者とはな。わらわまで惨めな気分じゃ」

「俺は怯えているわけじゃない……！」

「そうじゃな、怯える理由などない。そちにはその剣があるのじゃから」

ウィルは魔王の視線を追い、腰に佩いた剣を見やる。

「まったく、先代の戯れが恐ろしい結果を招いたものよ」

「先代……？」

「ドラゴンの悲鳴をなにより好む魔王じゃった。いまは天上で暗黒神群の一柱となっておるじゃろうが――わらわにとってはよい迷惑よ」

意外な情報にウィルは目を白黒させた。

「魔王って代替わりするものだったのか？」

「自己紹介したじゃろ、一〇八世魔王と。神代が終わり、天上へ行きそこねた暗黒神群の魂が地上で受肉したもの――それが初代じゃ」

つまり、それなら。

だとしたら――あるいは。

ウィルは渇いた喉にツバを流しこむ。

「初代の次からはどうなんだ」

「初代以降は《肉のしとね》により後継者を生み出し、適当なところで天上へ昇るのじゃよ。先代はおよそ五十年ほど前に昇天しておる」

「じゃあ、ドラゴンやフェニックスへの仕打ちや、五大陸大侵攻は……」

「先代の仕業じゃな」

ウィルは引きつり気味だった顔が緩むような気がした。

すべて初耳である。王や教主や長老、ヒュドラからも聞いたことがない。

魔王の凶行として知られる幻獣狩りと五大陸大侵攻は、どれも百年ほども前のことである。この五十年はたがいに睨み合う小康状態。

だとしたら——この魔王は悪行に手を染めていないのではないか。

「そうか……そうだったのか……」

「うむ。わらわは所詮百歳にもならぬ小娘。力を凝縮した《鎧》と《太陽》を打ち砕かれ、もはや抜け殻のようなもの。元に戻るまでは数カ月といったところか」

魔王はなにがおかしいのか、ククッと笑う。

「トドメを刺すならいまじゃぞ……臆病者には無理かえ?」

余裕の笑みか。嘲笑か。生ぬるい処置をする勇者への挑発か。

ウィルはくるりときびすを返した。

「また後で来る」

「え。ぬぬ、そうか、気が乗らぬか。難しいものじゃな、人間は」

むむぅーと唸る声が愛らしくて、ウィルの胸は弾んだ。

部屋を出て、扉を後ろ手に閉め、大きく息をつく。

ニヤつきそうになる頰に力を入れ、どうにか深刻な表情を取り繕った。

『あの魔王は悪くないから殺さずに済む、バンザーイバンザーイ』

ヒュドラがそんな思念を脳に直接飛ばしてくる。

「うるさい、そんなんじゃない」

『童顔短身巨乳だーいすきなウィルベール様おめでとうゴザイマース』

「ち、違う！　胸は関係ない！　ただ天使のように清らかな姿が……」

思わず失言してしまう。

挽回すべく早口に言い訳を連ねた。

「いや、表面的な擬態だってことはわかってるぞ？　あくまでパッと見た感じが天使と見紛うばかりの愛らしさであるというだけで、やつが邪悪な魔王であることは直接戦った俺だから骨の髄まで当然理解している……だが、正義の名のもとに下される処罰は厳正かつ公平でなければならず、あの魔王がかつての悪行三昧《ざんまい》と無縁の存在であるというなら、あるいはあの無垢な容姿も擬態でないという可能性がなきにしもあらずという可能性を考えないわけでもないような気がするかも……！」

『落ち着いてください童貞野郎』

ウィルはとっさに言い返せなかった。正真正銘、童貞である。

『やれやれ……無理やりにでもボクが女を教えておくべきでしたか』

ヒュドラは思っていたより冷静だった。魔王討伐がなされない焦りも、真の仇《かたき》がすでにいないことへの失望も、剣からは感じ取れない。

おかげでウィルも幾分冷静さを取り戻せた。

「子ども体型がなに言ってるんだ」

『魔王とてボクとそう大差ありませんが。やはり巨乳がお好きで?』

「ち、違う！　俺の気持ちはそんなよこしまなものでは……！」

あっさり冷静さを打ち砕かれた。

『よこしまでなければ、純粋な愛だと?』

「違う違うちがァう！　俺は絶対に魔王を殺すマンだ！　殺す殺す殺すぅううううううううごぎゃおぉおおおぉおおおおおおおッ！」

ウィルは絶叫しながら城を駆けまわった。

動いていないと耐えられない。

胸の奥から湧き出す気持ちで全身が破裂しそうなのだ。

『重症ですね……』

ヒュドラが嘆息する。

その日、魔都に派遣された兵たちのあいだで不吉な噂が広まった。

——勇者ウィルベールは魔王の命と引き替えに、発狂の呪いをかけられた。

狂ってしまったかもしれないと、ウィルも自分でそう思う。

走りまわって疲弊すると興奮も収まる。

いまさら魔王に情けは不要。たとえ目立った悪行がなくとも、魔王が存在するだけで《闇の太陽》から魔族たちに力が供給されていたのだ。力を増した魔族が災いをもたらす以上、魔王はその根源と言えよう。

「アレは天使なんかじゃない……」

意を決して、必殺のアイテムを旅用の背嚢《はいのう》から取り出した。

「そうだ、邪悪な魔王には思い知らせてやらないと……」

くく、く、と喉を鳴らして、そのアイテムを駆使し——

ふたたび魔王の寝室のドアを開けた。

「魔王、こいつを食らえ！」

配膳車を押して部屋に入り、テーブルに料理を並べていく。

「ほほう、殺し屋風情でも最低限のもてなしはできるものじゃな」

魔王は憎まれ口を叩きながらも、席に着いて姿勢を正した。

「というかおまえ、一週間も飲まず食わずじゃなかったか？」

腹が減ったと言われたら、ウィルが大慌てで食料を用意していただろう。

「食うものを呼び寄せる術ぐらいはいまでも使える。味気のないものばかりで飽き飽きしておったが……そちの屠《ほふ》った魔族の血の味ぐらいはつけておるかえ？」

魔王は興味深そうに勇者手製の料理を見つめる。

柑橘の匂いがするパンと、肉と野菜と豆を適当に煮込んだスープと、なんだか得体の知れない丸い塊。

「虜囚に与えるには豪勢じゃが、王に供するものとしては粗末きわまりない」

「厨房と地下の氷室《ひむろ》にあったのを使ったんだけど」

「料理人の質がわかるというものじゃな」

基本的に魔王の口ぶりはウィルを小馬鹿にしたようなものだ。心奪われていなければ問答無用で首を刎ねていたかもしれない。

「……で、このよくわからん丸い物体は一体なにものじゃ？　心なしか妙な光を帯びておるが……」

その丸い塊は刻々と色を変え、ときに発光する。

ウィルは調理者として自信たっぷりに胸を張った。

「かっこいいだろう。俺の得意料理だ」

『おそろしい……これはもはや拷問ですね』

ヒュドラは軽く引いている。

「さあ、遠慮なく食え。竜の郷で仲間に振る舞ったこともある逸品だぞ」

そのときは独特すぎる味で全員悶絶し、魔族に毒を盛られたのではと郷が厳戒態勢になった。旅先で世話になった親切な農夫に恩返しのつもりで食わせた結果、鍬《くわ》を持って夜通し追いかけ回されたこともある。

自分で食べると頰が落ちるほど美味しいのに。

(そうだよ、知ってるよ……俺の味覚がだれとも相容れないってことは)

殺すことしか知らぬ男は、味覚でだれかと共感することすら許されない。

料理すら敵を討つためのもの。

——さあ、食って苦しめ魔王!

欠片ひとつ残させるつもりはない。完食させるのが勇者の使命だ。

「ではいただこうか、小蝿の料理をな」

魔王は胸元に手を当て、古代語らしきものを唱えた。食前の祈りだとしたら驚きである。邪悪な魔族には似つかわしくないものだ。

まずは銀のスプーンがスープに差しこまれた。豆と野菜と塩漬け肉を数時間かけてじっくり煮込んだもの。その色は、まるで泥沼。

薄桃色の瑞々しい唇の合間に、禍々しい色の液体が運ばれた。

「……ん?」

魔王はスプーンをくわえたまま小首をかしげた。

「どうだ……すごい味だろう」

ウィルは自虐気味に涙を浮かべる。味付けには塩漬け肉の塩っ気だけでなく、ウィル特製の調味料も使った。一口食べれば二晩は踊るように悶え苦しむことから、竜の郷において《二夜舞《ふたやま》い》と恐れられた代物を。

『いくら魔王でも、これはさすがに気の毒……』

「……うまい」

『えっ』

ヒュドラは唖然とした。

ウィルも呆然とする。

魔王は喜悦に目を輝かせて、スプーンを口と皿に行き来させていた。

「見てくれは悪いが、なんたる味……！　塩漬け肉から染み出した素っ気ない塩味に謎のモップリした深みが加味されておる！　深い、深すぎて脳を穿たれる！」

「わ、わかるのか、この味のよさが！」

「よいなどという次元ではない！　口いっぱいに含んで舌を泳がせると、目から美味があふれんばかりじゃ！」

「パンを浸けてみるのもいいぞ！」

「お、おお、スープに感動しすぎて目に入らなかった！」

魔王はパンを千切ってスープにじっくり浸し、かぶりついた。

もともとパッチリしていた目が、さらに大きく見開かれる。それだけで一種の呪詛が完成したらしく、壁際の壺や絵画が次々に破裂した。

「驚・天・動・地！　パンとはこれほどまでにフルーティなものであったか！　熟しきった果実のようなマロマロしい味がひと噛みごと溢れだす！」

「ああ、なんてことだ……ここに、ここに本物を理解する者がいた！」

両者は涙を流していた。

魔王はかつてない美味に感動して。

勇者は初めての理解者に歓喜して。

「の、のう、勇者ウィルよ。そちの得意料理というコレは……」

謎の丸い塊を指差す魔王の仕草は、ウズウズしてたまらない様子だった。

「ほっぺが落ちすぎて地獄を貫通するぜ」

「いただきますのじゃ！」

魔王は謎物体を手づかみし、ためらいなく半分ほどかじりとる。

直後、彼女の全身から濃密な妖気がほとばしり、背後の壁が吹っ飛んだ。

城下のほうで兵士が悲鳴をあげているが、ウィルは聞かなかったことにした。

「天地開闢《かいびやく》！　新たな世界がいま、わらわの口のなかに生まれた！」

「そうだろう、生まれるだろう！　味という名の新たな地平が！」

「わらわがいままで食ってきたのは、一体なんだったのか……」

清々しい笑みに次々と涙の粒をまぶし、彼女は留まることなく食事をつづけた。

最後には皿を舐める勢いで完食する。

締めの祈りを古代語で唱えると、魔王は何度もうなずいた。

「一〇八世魔王ラズルシアの名において――あの変な丸いのは《勇者ウィル団子》と名付けよう。子々孫々語り継ぐがいい」

「魔王すら舌鼓を打つと大々的に売り出そう」

『世界が滅びます……』

ヒュドラの声は恐怖すら帯びていた。

「極上の晩餐であった。で、処刑はいつじゃ？」

「え？」

「これほどの美味を与えるということは、もう日取りは決まったのじゃろう。一週間も死の間際で焦らすとは、とんだ嗜虐趣味の変態勇者じゃな」

ふたりの立場を明確に分かつ言葉だった。

囚われの魔王と、処刑者たる勇者。

料理を認めてもらえたことに感動して、ウィル自身がそのことを忘れていた。食事を用意したことすら、当初は拷問のつもりだったのに。

『忘れたがっていただけでは？』

ヒュドラの皮肉が、痛い。

魔王のあざ笑うような視線が、つらい。

「知っておるかえ。先代はウサギを狩るように幻獣を殺しまわったが、それでも人間には一目置いておった。拷問と処刑の多彩さにおいて魔族を上回るとな」

「そんなことは……」

「魔族はおおむね冷血じゃ。平然と他者を踏みにじるし、身内への愛情も薄い。じゃが人間は愛情が深いからこそ、いくらでも残酷になれる」

ウィルは言い返せない。

竜の郷を地獄と形容するぐらいには、人間の残酷さを知っている。

裏切り者への裁きがどれほどおぞましいかも知っている。

そんな者たちが、愛情をこめて同胞を抱きしめることもあるのだ。

「太陽の光に祝福されし勇者などと言っても、実質は殺し屋であろう」

「それは……！」

「意地汚い殺意を遠慮なく晒せ。憎悪と憤怒を剣にこめよ。そちとわらわの関係は最初からそういうものではないか」

それは挑戦状だった。敵意を言葉にしたものだった。

なのに――なにも言えない。彼女を前にすると殺意が萎える。うかうかしていると
《闇の太陽》が蘇り、ふたたび災厄の日々が始まってしまうというのに。

「ほれ、いまのわらわは無力無力。ラッキーデイじゃ、大チャンスじゃ」

薄く笑って腕を広げる様が、これまた天使だった。

殺せるはずなどない。

「なんじゃ、やらんのか。それとも……兵士たちの前に引っ立てて首を落とすつもりかえ？　人類軍と合流してから見せしめにするのも非道じゃのう。わらわを憎悪と憤怒の渦中に晒し、ツバを吐きかけ火で炙り手足を切り落として――」

「するわけないだろ、そんなひどいこと！」

ウィルは悲鳴じみた声をあげた。

すぐに口を手で塞ぐ。魔を討つ者にあるまじき失言だ。

魔王も多分同感なのだろう。ヒュドラのような半眼で冷たく見あげてくる。

「怨敵を憎むこともできぬか、腰抜けめ。不能め。童貞め」

『童貞め』

「なんでヒュドラまで一緒になって言うかな！」

その反応に、魔王の目がぎらりと輝いた。

「なるほど、くふっ、図星じゃったか、くふふふっ」

「な、なんだその楽しそうな笑い方」

「じゃってのう、お笑い種じゃろう？　女も知らぬ童貞に敗北したなど、魔王の尊厳もズタズタじゃ」

「ど、童貞のなにが悪い！　清い体ってことなんだぞ！」

ウィルはたまらず言い返したが、

『かっこ悪い』

「ムキになるでない、童貞め」

「いまヒュドラの悪口まで聞こえた気がするんだけど！」

ふたりがかりでからかわれ、ウィルの顔はどんどん熱くなっていく。

「女にうつつを抜かすことなく研鑽《けんさん》を積んできただけだ！　たしかに郷でも女の子とまともにしゃべったことはないし、助けた村人たちに女の子をあてがわれたときも手をつけず旅立ったけど、けっして緊張しすぎて逃げたわけじゃない！」

『ガチガチでしたね、あのとき』

「あー悲しいのう悔しいのう。こんな童貞丸出しの皮も剝けてないお子さまに負けたなど魔王の名折れ。童貞以下のカス魔王じゃ。恥ずかしーのうー」

魔王は顔を手で覆ってわざとらしく首を振る。

可愛いけど腹立たしい。煽りとわかっていても、ウィルは黙っていられない。

「……剝けてる！」

「は？」

「ズル剝け……というほどではないけど、皮はほぼ剝けてる！」

「ぷっ、くふふっ、ムダに素直な男じゃのう、くふふっ、半剝け勇者」

「わーらーうーなー！　変な修飾を勇者の前につーけーるーなー！」

ウィルはバタバタと手を振って魔王の言葉を打ち消そうとした。顔は炉にくべた鉄のように赤熱している。頭のなかはもっと余裕がない。

一目惚れの相手にバカにされると、たまらなくつらい。

なのに魔王はさらに侮辱を連ねてくる。

「もうわかったのじゃ。無理はせんでよい、童貞半剝けヘタレ勇者」

「嫌な修飾が増えた……！」

「そうやってウジウジと手をこまねき、ふたたび世界が闇に染まるのを見守るのが童貞クンにはお似合いじゃろう」

魔王は左腕を乳房の下に据え、右手で笑みに歪んだ唇を撫でる。

ひどく嘲弄的な仕草だとウィルには感じられた。

「そちの十年の努力はよい余興となったぞ。料理もすばらしく美味であった。まるでわらわを悦ばせるためだけに生まれた存在じゃ。褒めてつかわそう、童貞半剝け短小ヘタレ勇者よ」

刹那、テーブルが真横に吹っ飛んだ。

ウィルの手がジンジンと痛む。殴った意識はない。頭のなかでなにかが切れたと思ったときには、テーブルと食器が壁にぶつかって砕けていた。

「余興なんかじゃない……」

口走った言葉も、考える間もなく出たものだ。

「十年でたくましく育った……短小じゃない！」

『いや、こだわるべきはソレじゃないでしょう』

ヒュドラの声がうるさいので《百竜の剣》を投げ捨てる。壁に突き刺さった。

「童貞で半剝けではあるけど、短小なんかじゃない！」

ついでに《明星の鎧》も脱ぎ捨てる。体が幾分軽くなった。

証明しなければならない。自分がいかにたくましいかを。

ズボンの紐をほどき、ひと思いに下穿きごと降ろした。

「これがウィルベール・ヒンリクタスだ！」

さらけ出した股間にそれがある。

竜の郷ですくすく育った男の証。

魔王もさすがに予期していなかったのか、しばし唖然とする。

「これは……」

「俺のすくすくソードだ！」

「なんとまた……ショボい見た目じゃな」

感想一言で死にたくなった。

だが事実として――股間はショボショボに萎《しな》びている。

心も股間も泣きたいのだ。初恋の相手が宿敵であった悲しみに、すくすくソードはうなだれるばかり。

「違う……！　充血すればもっとすくすく大きくなる！」

「オーガの腕ぐらい？」

「そ、そこまでではないけど……」

予想外の期待の大きさに気圧されてしまう。

「三つ叉だったりせんのか？」

「するか！」

さすがにそれは予想外すぎた。

「全体がトゲだらけで、ヤツメウナギのような口がついてたりは？　ぶすりと刺せば魔族女が爆発四散する天下無敵の虐殺ソードだったりせんのか？」

「人間の女も死ぬわそんなもん！」

「なんじゃつまらん」

魔王は興味を失ったというように窓の外へ目を向けた。

「殺す力と料理の腕前はあれど、男として見るべきものはないのう」

「ちぃくしょおおぉおおおおぉおおおッ！」

ウィルは魔王の部屋から逃げだした。

音のように速く、すくすくソードをブラブラさせながら。


致命的な失敗に気づいたのは深夜のことだ。

愛剣と鎧を魔王の部屋に忘れてきてしまった。

「ここを魔族に突かれたらマズい……」

ウィルの強さの本質は《百竜の剣》と《明星の鎧》を使いこなす力にある。生身ではせいぜいオーガの四肢を拳で爆散させる筋力と、魔貴族級の呪法を気合いで消し飛ばせる丹田力ぐらいのもの。

自分の無様さに悶え苦しんでいる場合ではない。

「魔王が寝ていたら取り返すのも容易だが……それとも魔族だから夜はむしろ起きて

いるかもしれない。いや、魔王ともなれば睡眠が不要な可能性も……」

独り言にヒュドラのツッコミも入らない。調子が狂う。

ウィルは装備を取り戻すことに決めた。

足音を潜めて魔王の寝室へ向かう。

「夜中に婦女子の部屋を訪れるとは破廉恥きわまりないが……相手はしょせん魔族の親玉。礼節なにするものぞ……！」

破廉恥と言うなら、童貞だの短小だのという発言のほうがよほど破廉恥だ。

扉の前に立つと、執拗な嘲弄を思い出してむかっ腹も立つ。蹴り破ってやろうかと思ったが、いちおうガマンした。

「失礼する……」

小声でつぶやき、そっと扉を開く。

室内は窓から差しこむ月明かりで薄青く照らされていた。

剣はテーブルの上。その脇に鎧が据え置かれている。激しい戦いをともに乗り越えた相棒が無事とわかり、ウィルは安堵の息をついた。

「よかった……ひとの持ち物を壊すような悪党じゃなくて」

魔王の姿を求めて視線を巡らせる。

彼女はベッドに横たわっていた。

月明かりに浮かびあがるその寝顔は、まるで幼子のように無垢。

「……天使だ」

自然とその言葉が漏れ出した。難点であった悪口《あっこう》も寝息に変わって、天使度が急上昇している。

ただ、首輪と手枷が痛々しい。腰の窄まったドレスも寝苦しそうだ。寝間着ぐらいは用意してやるべきだったか。純白でフリルまみれの可愛らしいやつを。

「腰ぐらい緩めてやったほうがいいかな……」

ベッドに片膝をついた瞬間、かすかな香気が鼻を突いた。花の蜜のように甘く、それでいてさりげない上品な匂いは、たしかに魔王から漂ってくる。

嗅ぐだけで胸がときめく。天使臭と言うべきか。

「そういえば……一週間も湯浴みもできてないんだよな」

臭くならないのだろうかと、ウィルは鼻を彼女に近づけていく。

花の蜜の匂いを求めるうちに、ふと眼前が白い膨らみに塞がれた。なかば露出された双乳が、仰向けでも潰れきらずにふくよかなラインを晒している。

「なるほど、胸か……胸……む、む、むむむっ、むへあっ」

とっさに飛びのこうとした。女の乳房を嗅ぐなど破廉恥にもほどがある。

だがベッドに突いた膝が滑り、慌ててその場に手を突こうとした。

ぱにゅんっと柔らかな感触が手に飛びこんでくる。
「んっ……」
魔王の寝息がすこし弾んだ。
「お、あ、おおぅ」
ウィルは言葉もない。
掌中の乳肉の柔らかさに言語中枢を吸いとられてしまう。
剣ばかり握ってきた戦士にとって、それは驚天動地の柔らかみだった。
全身の力まで吸いとられ、動けない。
指だけが抵抗するように蠢動する。柔肉を揉みしだく動きで。
もみん、もみん、と。
ぷにゅん、ぷにゅん、と。
「うっわ、おふおっ、やわっ、やわらっ、やわからっ、やからっ」
ただ柔らかいだけでなく、張りがあってかすかな抵抗を示している。
そして、重たい。ずっしりと充実感がある。
かつて娼館好きの戦士の言っていたことが思い出された。
——男の手は本来剣を取るためでなく、乳を揉むためにあるんだ。
たしかに、なじむ。それが生来の宿命であるかのように。

「おお、胸、胸すごい……これがオッパイということなのか……」

揉むたびに手が熱くなった。あるいは彼女の胸が熱を帯びているのか。

天使の寝顔もほの赤く染まり、寝息も不規則になっていく。

目もうっすらと開き——

「……おうおぁぁあッ」

ウィルは渾身の力で手を乳房から離した。

「ん……ふにゅ……なんじゃ、勇者か」

魔王は目をこすってあくびを嚙み殺す。

「い、いや、これはだな……」

とっさに言い訳を考える。

——剣と鎧を取りにきたついでに胸を揉みました。

——剣と鎧を取りにきたら偶然胸を揉んでしまいました。

——突然乳房に襲いかかられたので戦った。魔王恐るべし。

——あの剣と鎧は偽物で、おまえの胸に本物が隠されてるんだな。許すまじ。

——俺の両親はオッパイに殺されたんだ。オッパイが憎い……

最後のが悲壮感もあっていいかもしれない。

「んぅう、こんな夜中に……んっ、んん？　んおおっ、勇者ウィル！　わらわの寝首を掻きにきたのかえ！　なんたる人間らしい姑息さ！」

魔王はようやく状況を理解したらしく、鋭く睨みつけてくる。

「ち、違う！　そんな卑劣な真似をだれがするか！」

「女の部屋に忍びこむ時点で卑劣ではないと？」

「ぐッ……！　それは……！」

考えが追いつかない。どう答えていいかわからない。

夢中で乳揉みに耽《ふけ》っていた負い目もある。

そんななかでも、ウィルは自分の体に固い決意の証を感じた。体の一部が力強く首をもたげ、俺を信じろと呼びかけてくる。

（俺は……鍛えあげた俺の体を信じる！）

思考でなく本能に従ってズボンを下ろした。

股間から隆々とたくましい剛直が飛び出す。

「俺のは小さくないと証明しにきただけだ！」

乳肉に触れたときから充血が始まったのである。元気よく上を向き、ヘソに届かんばかりに反り返る姿は、まるで歴戦の名剣。

勢いあまって大きくしなり、魔王の顔面に一撃が見舞われた。

「んきゃっ」

「おわっ！　ご、ごめ……ッ！」

謝罪の言葉が途切れた。接触の感覚がわずかに遅れて染み渡ったのだ。

ほんわりした頬は乳房にも劣らぬ柔らかさだった。

ゆで卵のようになめらかな肌だった。

しかも男根の先走りが付着して長々と糸を引いている。

――汚してしまった。

ウィルの胸に湧いたのは背徳感だった。

――天使を汚してしまった。

魔王が目を見張ると、童顔がますますあどけなくなる。

「ほ、ほう、たしかにこれはなかなかの業物……ん、どうしたのじゃ、勇者ウィルよ。なにを呆けておる？」

きょとんとした顔で見あげられ、ウィルは泣き出したくなった。

なんて罪深いことをしてしまったのだろう――

天使の乳を揉み、顔に逸物を押しつけ、粘液を擦りつける所業を罪と呼ばずしてなんと呼ぶか。

「おーい勇者ー、ウィルー、クソ人間ー、脳が耳からこぼれたのかー」

――いや。

これは天使ではない。見あげる目つきが皮肉っぽい。

魔王を倒すために生きてきたのに、惑わされてなるものか。

思い出せ、あの地獄を。忘れるな、胸で燃やしてきた誓いを。

「ええい、うるさい魔王め！　下手に出てれば調子に乗りやがって！」

ウィルは彼女の首輪の鎖をつかんだ。その先端はどこにも繋がっていない。手枷に開かれた穴に通して持ちあげれば、魔王の腕も吊りあげられてしまう。壁に打ちこんでおいたフックに引っかければ固定完了。

「む、なるほど。妙な穴があると思っておったが、こういう道具であったか。さすがは人間、考えることが陰湿じゃのう」

「魔族のくせになにを言う！　思い知れ、人間の怒りを！」

ほんの一瞬――刹那にも満たないわずかな時間、ウィルは逡巡した。

本当にこんなことをしていいのだろうか？

そんな疑問は体の奥底から湧き出す熱情が蹴り飛ばす。

気がつくと魔王の角を思いきり引っ張っていた。

「ふおッ！　な、なんじゃなんじゃ、いきなりブチキレか！」

「これが……これが、勇者の剣だ！」

もはや止まれない。引き返せない。

ウィルは赤銅色の亀頭を魔王の顔に思いきり押しつけた。

「どうだ、大きいだろう！　強そうだろう！」

「き、汚ッ！　なんと不潔なことをするのじゃ、馬鹿者が！」

魔王が嫌がって首を振るので、包皮が引っかかり剝がれてしまう。ムンッと漂う牡の臭気に彼女の顔がまた歪んだ。

「なんという匂いじゃ……！」

「臭いか？　俺の努力と執念の匂いだ！　食らえ臭ソードを！」

ウィルは肉竿に手を添え、魔王の顔中に腺液を塗りこんだ。透明な粘つきは途切れることなくあふれ出している。張りのある艶やかな肌と擦れ合うたびに、股ぐらが甘く痺れるのだ。頭の奥まで痺れるのだ。

夢中になっていく。あどけない顔と触れ合い、汚していくことに。

「はふっ、下劣なッ……んくっ、おのれっ、腕さえ自由なら……！」

魔王が吊りあげられた腕を揺するたび、乳房がたっぷんたっぷんと弾む。

なんと邪悪な振動か。男を惑わす魔性の肉だ。

「この期に及んでムダな抵抗を……俺がそんなすさまじい揺れに惑わされたりすると思っているのか！　ますます強度を増したすくすくソードを食らえ！」

悪辣な乳揺れに股間が怒って硬くなっていた。

彼女の頬をペチペチ叩くと、悪を制裁する悦びに海綿体が打ち震える。

(そうだ……これは正義の鉄鎚だ!)

胸がすくような気持ちだった。美しい魔王と相対して行き場を失いかけていた感情が、いままさに股間へと集束していく。

童顔が腺液で醜くきらめく様に心が躍った。

ふにふにの唇を押し潰し、彼女がうめく様に暗い情熱が沸き立つ。

ツンッと男根を快楽の針が貫いた。尿道がこわばり、股ぐらの奥底が騒ぐ。

「ッ……トドメだ!」

胸の奥の正義感と下腹の衝動に命じられるまま、切っ先を魔王の顔に向ける。

天使気取りの愛らしい顔を魔族にふさわしいものに変えるべく——

ウィルは煮えたぎった精液を大量に叩きつけた。

「わぷッ、んっ、んぅうッ……! な、なんじゃ……熱っ、ひゃッ……!」

「逃がさないぞ、魔王! 全部ぶっかけてやる!」

角をつかんで離すことなく、白い肌に制裁汁をお見舞いする。

一射ごとが長く、熱したチーズのように粘っこい。閉ざされたまぶたの膨らみを打ち、高すぎず筋の通った鼻梁を横切り、ほんのり赤みを帯びた柔い頬を汚し、

「くッ……!」

絶頂の快感に竿先を震わせ、額から前髪までべったり粘着させる。

以上が一射。さらにつづけて二射、三射。引き結ばれた唇とて例外ではない。

「んぅううッ、ふっ、んむぅううう……！」

天使の相貌が苦しげに引きつり、徹底的に汚辱されていく。

汚辱するたび、ウィルの股間と脳が溶けそうになる。

正義を成した充実感だと自分に言い聞かせた。

「ど、どうだ魔王め！　これが人間の怒りだ……！」

言い放ちながら、勢いの衰えた精を黒髪になすりつける。美しいと思える場所をすべて穢してしまえば、もう惑わされることもないはずだ。

なのに——

彼女が目と口を薄く開けると、ウィルの胸はどうしようもなく弾んでしまう。

「さすが人間じゃ、こんな臭くて汚いものを溜めこんでおったとは……」

魔王の目つきは嘲笑的に細められている。下劣な人間を見下すような微笑は、白濁に穢されてもなお気高さを感じさせた。

「わらわをベトベトにして満足かえ？」

「……そんなわけあるか！　まだまだこれからだ！」

ウィルは意地になって彼女の口に親指を突っこんだ。

ひゃっ♥
ひゃっ♥
はーっ♥

「味わってみろ、十年間溜めこんできた怒りのエキスを！　そして屈辱にビクビクと震えるがいい！」

「んっ、むうぁッ、じゅ、十年て……ぷっ」

「なにがおかしいぃいぃいい！」

精通の頃から夢精だけが恋人であった。自慰行為をするような暇があれば、ただただ戦うために自分を鍛えていた。

溜めこまれた信念の肉汁を彼女の顔からかき集め、小さな口にねじこむ。

「んじゅっ、えうっ、あふっ……なんと、この味は……！」

「苦いだろう！　まずいだろう！　人類が味わわされた苦渋の味だ！」

「意外といける……！」

「そうだろうそうだろう、意外と……えっ」

想定外のリアクションにウィルの思考は停止した。

「苦みととろみのハーモニー……そちの料理と味付けが近い」

「待って。ちょっと待ってくれ。俺の料理って精液味なの……？」

魔王は口を閉じてじっくり味わっている。演技をしている様子はない。

自分の料理を理解してくれたと喜んだ記憶が、すべて屈辱に染まっていく。

色を失うウィルの顔に、魔王は皮肉っぽい笑みを浮かべた。

「まさかこの期に及んでわらわを悦ばせるとは——もしやウィルよ、そちは魔族に媚びる阿呆な信奉者ではないのかえ？」

「そんなわけあるか！　これは、その、たまたま……」

「たまたま魔族を悦ばせる才能に恵まれたと」

「ち、ち、違うわボケえええええ！」

怒りに押されるまま亀頭を突き出した。

狙い違《たが》わず、口にねじこむ。

「むあッ、んぉおッ」

「俺の料理と違って精液は激マズのはずだッ！　もっとちゃんと味わえ！」

まだ尿道の奥に残っているわだかまりを、みずから手淫で搾り出す。そうやって味わわせること以上に、口を塞いだことが重要だ。

魔王の言葉はすべて呪詛。耳を傾ければ精神が削ぎ落とされる。

だからもはや惑わされることもない——と、思ったのだが。

「うっ、おふッ、ヌルヌルして、あったかい……！」

唾液まみれの粘膜に包まれて、腰が抜けそうなほど心地よい。

おまけに魔王は半眼で睨みながら口を動かしてくる。

「なんと恥知らじゅな真似を……拷問のちゅもりかえ？」

発音のたびに唇が竿肉を甘く噛み、舌が敏感な裏筋を擦る。もはや天然の口淫奉仕だ。射精直後で重たかった海綿体が愉悦に熱く騒ぎだす。その刺激に抗うすべを、童貞勇者は持ち合わせていない。

「この程度れは喉も塞げにゅぞ？　手にゅるいのう」

「だ、黙れ、ちょっと考えさせろ……！」

蠢き震える口舌の愛撫で肉棒いっぱいに喜悦が広がっていく。

とうてい思考が追いつかない。ただただ気持ちいい。

「無駄ぢゃ無駄、そちの考えぐらいわかっておりゅ――」

かたや魔王は平然と口角を吊りあげ、侮蔑の視線をくれるばかり。

「これもわらわへの供物にゃのぢゃろう？　わらわを悦ばせりゅモノぢゃろう？　所詮そちも魔族に逆らえにゅ脆弱にゃ人間ぢゃの」

たとえ口内に排泄棒を押しこまれていようと、魔王の尊厳には曇りもない。

だが――彼女の口にしたフレーズが、ウィルに希望を見せた。

「違う……」

「にゃにがぢゃ？」

「供物は……おまえだ！」

ウィルは魔王の口内に指を突っこんで舌をつまんだ。

「んっ、おへぇぇッ……！」

今度こそ完全に魔王から言葉が失われたが、狙いはその先。

花弁のように可憐な淡紅色の粘膜を引きずり出し、亀頭を猛然と擦りつける。

「おまえが俺に奉仕して、悦ばせるんだ……！　生意気な虜囚への罰だ！」

「えうッ、おぁあッ……れっ、れおぉ」

「なにを言っているかわからん！　けど、あー気持ちいーなー！　魔王ごときは俺を気持ちよくするための道具にすぎないからなー！」

快楽のために虜囚をいたぶる——上下関係を明確にする行為だ。

まさしくそれは快楽を掻きたてるものだった。腺液がたっぷり漏れ出して、彼女の口内からあふれる唾液と絡み合う。長々と糸を引いて乳房に付着しても途切れることがない。どうやら精子混じりで粘性が上がっているらしい。

「おにょれぇ……ぇりゅッ、顎がひゅかえりゅッ……！」

顎が疲れる、とでも言っているのだろうか。眉は寄せられ、頬は歪み、目元に苦しげな表情が浮かんでいる。肌にへばりついた精液がとろりと流れ落ちた。

魔王にふさわしい惨状だという気持ちがあった。

同じぐらい罪悪感もあった。

（拷問なんて忌むべき行為なのに……！）

魔王の舌は小鳥の嘴《くちばし》のように小さい。罪悪と無縁の愛らしさだと思えた。欲望の権化を押しつけられる様の、なんと惨たらしいことか。

みずから初恋を踏みにじるような所業なのに、興奮が止まらない。

「はぁ、はぁ、汚してやる……！」

心は苦しい。でも鼓動は激しくなり、逸物は一気に熱をあげた。罪悪感と背徳感に沸騰した海綿体は、ますます感度をあげて舌との摩擦を愉しんでいる。

「なにが王だ、魔族の親玉め……！　ガキみたいな外見のくせに、口ばかり達者になりやがって……！　人間のチ×ポで矯正してやる……！」

ことさら粗暴に振る舞い、空いていた手で美しい黒髪を引っ張ってみた。

「えんんッ」

魔王はきつく目を閉じ、すぐにすこしだけ開く。

涙に潤んで、瞳の輝きが増していた。

——キレイだなぁ。

見とれそうになる気持ちを、破裂しそうな昂揚感が押しのける。

「溺れるぐらいぶちまけてやる……！」

無数に血管を浮かべて膨れあがった男根で、魔王の舌をぺちんと叩いた。そのささいな衝撃が最後の快感となり、睾丸にまで響いていく。

ウィルは耐えることなく射精した。舌の付け根へと射線を整えながら。

「おあぁッ……！　あぶっ、んあっ、えぉおお……ッ」

魔王は顔を逸らすことも口を閉じることもできない。髪をつかまれ、舌を押さえられている以上、なすがまま口内を汚辱されるばかりだ。

いかんせん口腔も小さいので、見る間に満杯になっていく。

「んぷっ、はおぉ……あばっ、おあぁあッ……！」

「そうだ、口で受け止めろ……！　うっ、くっ、邪悪な魔王への制裁だ、どんどん食らえっ！　小便と同じ場所から出る液体だぞ！」

責める声が上擦るほどに愉悦が大きい。

濁液はとびきり粘っこく、煮こごりのような塊が混じっている。それだけ尿道を通るときの抵抗が大きいということだ。ともすれば詰まりそうなのに、絶頂の脈動で強引に吐き出されていく。すべての鬱憤もろともに。

（これだ……！　これでいいんだ！）

敗北した魔王への仕打ちに昂揚する——それこそが人類の求める勝利感だ。

美しいものを踏みにじる罪悪感に惑わされるな。

いまはただ、ペニスを包む甘い痺れに陶酔していればいい。

「まだ美味いなんて言えるか……！　まずいだろう、苦しいだろう！」

「はふぅう、んふぅぅ、ふっ、ふぅー」

魔王は言葉もなく、ただ鼻息を乱していた。刻々と口内の液量が増しているので、口での呼吸は難しいだろう。

「おまえが苦しんでも俺は愉しいだけだ……おまえはもう王なんかじゃない。俺を気持ちよくするだけの……卑猥なオモチャだ！」

また髪を引っ張ると、彼女の目元が苦しげに歪んだ。

ズキンとウィルの胸が痛む。めちゃくちゃに申し訳ない気がした。

ここまでやらなくていいんじゃないだろうか。相手は天使なのに。

「……オ、オ、オモチャめ！　おまえはオモチャ以外の何物でもないから、俺が罪悪感を抱く理由なんて一片もない！　ないからな！」

言い訳がましく言う。

魔王からの返事はない。口が精液で塞がれているからでなく、そもそも彼女の目はよそを向いている。というより——焦点が合っていないように見えた。

「お、おい、魔王……？」

やっぱりやりすぎたのでは、と弱気が湧いてくる。

だが、すぐに気づいた。彼女の口内にできた白濁色の泉を、桃色の舌がゆったり泳いでいることに。

魔王ラズルシアは呆然としているのではない。

陶然としているのだ。

「はふぅ……ぽふっ、こぷっ、ひゅごいぃ……」

汁溜まりがこぼれないよう顔を上に向け、わずかな発声で泡を立てる。

「いま……すごいって言った？」

「ひゅごぃ……こんにゃひゅごいこと、ひゃじめへぇ……」

なにを言っているかはわからないが、うっとりしていることは間違いない。醜い汁にまみれながらの陶酔ぶりは、ウィルを魅了するほど蠱惑的だった。

射線がブレて、精液が喉と胸元を打つ。

「あひゅんっ」

魔王はくすぐったそうに身をよじった。肉汁がこぼれそうになると、慌てて口を閉じる。頬が内圧でぷっくり膨らんだ。

「んぅぅぅ……んぐっ、んっぐ、こきゅっ、ごきゅっ」

「お、おいおい、べつに飲めとは言ってないぞ。ていうか喉に詰まらないか？」

白く細い喉が粗暴なほど蠕動《ぜんどう》し、嚥下《えんか》音を立てていく。

王にも天使にもふさわしくない下品な振る舞いだ。

それを見ていると、ウィルは言い知れぬ衝動に突き動かされてしまう。

「クソッ、なんてやつだ……！　許せないッ、許しがたいッ、食らえ！」

閉ざされた唇の上に精を振りかけた。

ちょうどそのタイミングで魔王が口を開く。空になった粘膜穴の内側、飛びこんできた液を舌が見事に受け止めた。

「んぁあッ、まだわらわに飲ませひゃいのか……！」

「え、いやだから俺は飲めとは」

「しゃすが人間は拷問好きぢゃ、鬼畜ぢゃあ……！」

心なしかものすごく嬉しそうに精液を受け止めている。

さすがに噴出も限界で、舌に二回出せば勢いも落ちた。とろりと糸を引いて垂れ落ちる粘り気を魔王はじぃっと見つめ、わずかな液を舌で口内に塗り広げる。

「ほふぅ……味はいいが、やはり生臭すぎる……」

「そ、そうだろう、気持ち悪いだろう」

「しかも小便が出るところなどと強調しおって……」

「だって本当にそうだから……汚い場所から出るものだから……」

「挙げ句、髪を引っ張って罵声を浴びせながらなど、実に下劣じゃ」

「いや、でもそれは、俺はもともと魔王討伐しにきたわけだし……！」

「かつてない屈辱じゃ。恥辱じゃ。愚弄じゃ……」

魔王は大きくため息をつき、うなだれる。

ぼそりと呟く声は小さすぎてうまく聞き取れない。

「こういうのもアリじゃな……」

「なに？」

「なんでもないのじゃ、この外道め！」

ぺちゃ、とウィルの頬に唾液が吐きつけられた。

端的な侮辱だが、腹が立つよりも感心が先立つ。まなじりを決して投げかける視線のなんと気高いことか。顔にべったり張りついた排泄液すら、彼女の尊厳を傷つけるにはいたらない。

「人間ごときに魔王が屈することはありえぬ。そちの行いはすべて徒労じゃ」

「なんだと……」

ウィルは冷たく言い返すが、やはり怒りはない。

魔王との関係が決戦のときに逆戻りしたようで、いっそ清々しい気分だ。

「性悪な人間のことじゃ、これから拷問も本格化するのじゃろう？」

ちろりと彼女は舌なめずりをした。

「たとえば腕を封じられたわらわをあざ笑うように、乳房を揉み倒したり、鷲づかみでひねり倒したり、先端をグリグリねじり倒したりするのじゃろう？」

「具体的すぎやしないか……？」

「そちの本懐はわらわを倒すことじゃろうが」

「そうだけど……なんで胸限定なんだ」

たしかに白濁まみれの柔房には目を惹かれるけども。

「つまり……胸以外も餌食にするということかえ」

ごく、と魔王はツバを飲んだ。

彼女の目線の先で、ウィルの逸物はなおもそそり立っている。

「その無遠慮な仕置き棒で、わらわのもっとも弱い部分を貫き倒すのか……」

「あ、いやこれは……仕舞うタイミングがなかったから」

自分がいまだに臨戦態勢であると意識すれば、自然と昂揚感が戻ってくる。

ウィルもまたツバを飲んだ。魔王の穢れた姿に牡の本能を刺激されて。

ビクンと肉竿が跳ねれば、魔王の喉もふたたび鳴る。

「よかろう……ならば対決じゃ、勇者ウィルよ」

魔王は両腿を擦り合わせたかと思えば、左右に開いた。くるぶしまであるスカートがめくれ、女の花園が露わになる。

固唾を飲みつづけるウィルに、彼女は傲然と笑ってみせた。

「人間の粗末な魔羅など、わらわのなかで磨りつぶし根腐れさせてやろうぞ」

大人の女と少女の最大の違いは腰尻だという。

突き詰めれば、骨盤が子を産める形状か否かである。

骨盤が成長すれば腰から尻のラインが出っ張ってくる。それに応じて股の稼働範囲も広がるので、竜の郷においては男女で足腰の鍛え方が違っていた。

その考え方に当てはめるなら、魔王の足腰は少女そのものの造形だった。

「華奢だな……」

スカートがめくれてわかったが、まず脚が細い。

水辺で遊ぶ小妖精《フェアリー》のように白く、肉付きが薄い。

腿の細さと幅の狭さから逆算すれば、骨盤の未熟さは歴然とわかる。

「残念じゃったな、牝の体つきでなくて」

魔王はわざわざ腿を擦り合わせ、脚の隙間を強調した。

「べつにそんなこと、どうでもいいんだけど」

むしろ胸を打たれる心地だ。清純な形状に心が洗われるかのようだ。

なのに——魔王は上体をよじって揺らす。雌々しいふたつの肉塊を。

「そうじゃな、そちには関係あるまい。正義という大義名分を手に入れたとき、人間はいくらでも残酷になれる。幼子にも容赦するまい」

「そんなものぶらさげた幼子がいるか！」

バカにされた気がして、ぐっと拳を握りしめた。

するとなぜか柔らかな感触が。

掌中に乳房があった。見事にひしゃげて指の間からはみ出している。

「んっ、くうぅ……！　やはり粗暴じゃの、人間は……！」

魔王は苦痛に目元をすこし歪めた。

「こ、これはだな、おまえの乳が勝手に暴れて俺の手のなかに！」

「自分からおずおずと手を伸ばしたくせに……責任転嫁とは想像以上に卑劣なものじゃな、人間代表の勇者よ」

さすがにウィル自身も無理がある言い訳とは思った。

しかしいまさら退くこともできない。すでに決戦は始まっているのだ。

「そうだ、魔王を倒すためならなんでもするぞ、俺は！」

悪を許さぬ一心で乳肉を揉みしだいた。

ぐいぐい、もにゅもにゅ、こねこねと情け容赦なく。

「んんぅうッ……ッ」

魔王は顎を跳ねあげて歯噛みをする。

「どうだ、痛いか！　人類の怒りをこめた揉み攻撃は！」

「まだまだこんなもの痛くもかゆくも、あンッ」

「可愛らしい声あげやがってぇ……絶対に許さんぞ魔王！」

ちょっと心が揺らぎそうになったが、攻撃の手を緩めるつもりはない。

爪が食いこむまで五指をめりこませる。

手首を押しこむようにこねまわす。

右へ左へねじって締めあげる。

「くンッ、あふぅう、おのれウィルベール・ヒンリクタス……！」

魔王は苦しげに息を乱している。攻撃が効いているらしい。

やはりあの戦いで大幅に弱体化しているのだろう。

(でも……本当にそうなのか？)

手に力をこめればこめるほど、その力は柔らかな感触に呑みこまれていく。怒りも敵意も憎しみも、すべて受け止める器——乳房。

言い換えれば、おっぱい。

幼げな容姿でありながら、ボディラインを崩すほど実った膨らみ。

ともすれば手が重みに負けてしまいそうなほどの巨峰。

なんだかもう、いろいろ忘れて無心に揉みつづけたくなる。

「鎧の下にこんな罠を仕込むなど……卑劣なのは貴様だ、魔王！」

「よくわからん言いがかりを、んぁあッ」

魔王の声が跳ねあがるたびに乳膚が湿り、蛭《ひる》のように手に吸いついてくる。それがまた心地よくて腹立たしい。もっと硬くて刺々しいほうが壊しやすいだろうに。

だが――ちょうどそのとき、硬くて尖ったものを手の平に感じた。

服の縁に引っかかったその突起を、ウィルは軽くつまんでみる。

「あはぁッ」

反応がいい。ここが弱点だ。

「いくぞ魔王！」

突起をギュッと圧迫する。乳房と違ってろくに変形しない硬度だが、相手の反応は驚くほど大きなものだった。

「ひっ……！　くひぃいいいッ！」

魔王の童顔とか細い四肢が痙攣まじりにこわばる。

「まだまだ！　竜の郷の戦士はこんなもんじゃないぞ！」

倍の攻撃を浴びせるべく、余っていた手で空き乳をつかむ。まだ突起が勃ちあがっていないので、服越しにカリコリと引っ掻いてやった。

「ひんんッ、はぁンっ、そこはやめるのじゃ……！」

魔王は泣き出しそうな声で嫌がっている。効いているということだ。

突起はすぐに腫れあがり、服の縁を浮きあがらせる。

ふたつ目の弱点を逃すまいと、ウィルは狙い澄ましてつまみあげた。

「くんんッ……！」

彼女が背筋を震わせた拍子に、指と突起の合間から服が滑り落ちる。胸元が大きくはだけ、豊かな球肉が剝き出しとなった。

もちろん硬い突起の全容も。

雪色の肌の中心で桃色に凝り固まった粘膜の塊――乳首。

（……いや、わかってはいたけど）

それに気づかないほど阿呆ではないが、いざ視認すると言い訳が利かない。いまつまんでいるものは、魔王の乳首だ。偶然紛れこんだ木苺ということもなく、引っ張れば土台の乳輪ごと乳房が伸びあがる。

「あくッ、うぅうッ、引っ張るなぁ……！」

魔王は苦しげにかぶりを振り、角で壁をカリコリと引っ搔く。薄い体に見合わぬ脂肪の塊はさぞかし重たいだろう。しかも弾力があるので、負荷は数倍になって乳首の付け根をさいなむ。

それでも構わず、ウィルは豊乳が円筒形になるまで引っ張りあげた。

「丸っこかった胸がこんなに……いくらなんでも柔らかすぎるだろ」

「いぃいいいッ、胸ぇええ……おかしくなるのじゃぁ……！」

きめ細かな肌が汗ばんでいく。汗がにじめば、顔に粘着した精液が徐々に滑り落ちていく。懲罰により罪を洗い流すかのように。

「いいぞ、いい顔してるぞ、魔王……！」

「そ、そちこそ残忍な拷問種族にふさわしいゲスの顔を……あんッ」

「拷問じゃない、懲罰だ……！　邪悪な魔族に正当な罰を与えてるだけだ！」

大義名分を振りかざして乳をいじめていると、気分が高揚して止まらない。

下腹がジンジンと熱くなる。

逸物を摩擦しているような快感すらあった。

「なんたる恥辱じゃ……そんなものを擦りつけながら胸を責められるとは」

「あん？　なにを言ってるんだ？」

「じゃから、さっきから擦りつけっぱなしじゃろうが、ゲスめ」

自分の体を見下ろしてみた。

魔王の細脚の合間に鍛えられた体がすっぽり挟まっている。

彼女の股を覆う白い下着に、肉棒を擦りつける形で。

「……これはだな、ええと」

「なんじゃ？」

「その、アレだ。これも懲罰に決まってるだろう！」

ウィルは乱暴に腰を揺すり始めた。いまさら退けない。言い訳できない。

「はくっ、んッ、んぅうッ……！」

「そらそらっ懲罰だ！　懲らしめてやるっ！」

ぎちぎちに固まった肉棒を擦りつければ、にちにちと湿った音がする。芸術的に精緻きわまるレースのショーツが濡れているのは、先走り汁のためだろうか。それとも彼女の漏らしたなにかのためなのか、ウィルにはわからない。

「わ、わらわを懲らしめるなどと、生意気な……！　んはぁんッ」

鼻に抜ける甘い声は、ショーツが食いこむにつれて高くなる。

そこに女の中枢があることはウィルも知っている。なにをするための場所であるかも、どうすればなにが得られるのかも。

ウィルはいったん腰を引き、ショーツに手をかけた。

「対決だと言って股を開いたのはおまえだ！」

脱がすなどと甘いことは言わず、力任せに引きちぎる。

「くッ……おのれッ……！」

さしもの魔王も言葉を失い、羞恥に顔を逸らした。

破いたウィルも思わず顔を逸らしそうになるが、気を強く持って凝視する。

露わになった秘密の花園は、恐るべき造形をしていた。

（ちくしょう、いい加減にしろよ……こんなとこまで天使じゃねーか！）

慎ましい裂け目から覗ける花弁はごくごく小さい。色はきれいな桃色。小水すら排泄したことがなさそうな色形に、ウィルはうっとり見入った。

「毛の一本も生えていないなんて……」

それは清純な秘処への感嘆であった。

なのに魔王の顔は見る見る真紅に染まる。

「は、は、生えておらぬが、それがなんじゃ！　恥毛など邪魔なだけじゃろう！」

気にしているところだったらしい。

「いやべつに生えてないのが悪いとは……」

言いかけて思い直す。自分と彼女の関係を。

「……ふ、ふはははは、なんとみっともない！　ここまで子ども子どもしているとは、さすがに俺も思わなかったぞ、ガキ魔王！」

「ぐぬぬぅ……いいからさっさとやれ！　これは対決と言ったはずじゃ！」

「ならお望みどおり――」

ウィルはツバを飲み、おぞましい言葉を心に準備する。

口にしてしまえば、大切ななにかを失ってしまう気がした。

それでもすでに引き返せる場所にはいない。前へ進むだけだ。

「——犯すぞ」

ゾクゾクと背中に鳥肌が立つ。

魔王も息を止めて腰をビクリとさせているが、構うことはない。

天使の縦割れにおのれの先端を押しつけ、力をこめていく。

ツルンッと滑った。

「んんッ」

「あれ、こうじゃないのか……こうか？」

また力をこめて——ツルンッ。

すこし角度を変えて——ツルンッ。

ツルンツルンと矛先が逸らされる。

「濡れてるから滑りやすい……！　濡れすぎだろ、このッ……一大決心して犯すって言ったのに、生意気なっ！　犯させろっ、このやろっ！　ああ、また奥から露がこぼれてきてるじゃないかッ、いい加減にしろよガキ魔王！」

ムキになって竿を使うが、一向にはまりこむ手応えがない。空回りの屈辱に怒りすら覚える。

「犯させろ、犯させろ、犯させろ……！」

ただ苛立たしいだけでなく、心地よくもあった。怒りを口に出すことも、亀頭粘膜と肉唇がこすれて微電流が流れることも。

無我夢中すぎて、魔王の現状に気づくのにすこし時間がかかった。

「んんぅぅ……んっ、ふぅっ、んふぅ、ふぅーッ」

彼女は肩に口を押しつけて鼻息を乱していた。手枷と鎖で両腕を真上に持ちあげられているので、口を手で塞ぐことはできない。

敏感な薄ビラを擦られるたび、華奢な下肢がわななき、豊満な乳房が弾む。ウィルが感じているのと同じ電流が彼女をさいなんでいる。

「感じてるんだな」

目を逸らされたが、それは肯定と同じことだ。

得も言われぬ興奮にウィルの全身が熱くなる。筋骨に力が入った拍子に、

――くちゅっ。

亀頭がきわめて狭い小穴に引っかかった。

「ここか……入り口はここだな！」

待ちに待った瞬間へと、迷わず肉剣を進めていく。ひどく狭いし、なにかに遮られるような感もあるが、強攻は止まらない。

みち、みち、と痛ましい音が聞こえた。

「ぃあ……あくうぅッ……！」

魔王は目をきつく閉じ、服を噛みしめて耐えている。

目の端には涙があった。汗と精液にまみれた顔にあって、なおきらびやかな雫はウィルの心をいっそう逸らせた。

――きれいだなぁ。

可哀想という感情すら失せるほどに、涙の魔王は美しい。

その美しさをもっと際立たせたい。そのためには非道すら厭わない心持ちだ。

「嫌がっても容赦はしないぞ……めちゃくちゃに、犯す！」

膝でベッドに踏ん張りを利かせてねじこんでいく。彼女の体は軽いので、動かないよう細腰をがっちりつかんで固定。

ぎちぎちと肉道がきしむ。

「ひぎっ、いぃいいい……！」

魔王の涙が目の端から流れ落ちる。

「そらッ！」

ウィルは渾身の力で彼女を貫いた。

たちまち噛みつくような狭さが亀頭を包みこむ。

「ぎッ……！」

魔王は目を剝いて薄い背を弓なりに反らした。乳肉がこぼれそうなほど弾む。痛みに躍る天使の姿がウィルの胸を打った。

股ぐらから流れ落ちる血の匂いは興奮剤となって本能を掻きたてる。

「処女、だったのか……！」

「わ、悪いかぁ……！　魔王に手を出せる男なぞいるわけなかろう……！」

魔王は涙を流しながら睨みつけてくる。常人なら一瞬で魂が闇に染まるほどの邪視も、ウィルにとってはそよ風に等しい。むしろ心が昂ぶる。

もっとだ――本能が背中を押した。

「気の毒だけど、おまえが処女だからって手を抜いたりはしない。まだ先が入っただけだからな……根元まで全部、おまえにねじこんでやる！」

餓えた狼のように牙を押し進めた。血管が浮かんだ極太の牙を。

中太りの男根が幼げな秘裂を押し広げていく。

「ひっ、ぃあッ、大きっ、いいぃ……！」

自尊心と嗜虐心をくすぐるご感想だ。

「ショボい短小とか言ってなかったか？」

「そ、それは……こんなに膨らむとは……！」

「いいから磨りつぶしてみろよ、魔王だろ？　ほら、ほらっ！」

段階的に差し込みを深くする。そのたびにメリメリと音が亀頭に響いた。

「はぐっ、んんんぅうぅッ……あぃッ、ぃんんッ」

悲鳴とも嬌声ともつかない喘ぎが耳に心地よい。

抵抗の強い肉穴も鋼鉄並みの硬棒には絶妙に具合がよい。

「くうぅうッ、気持ちよすぎる……！」

未通の膣道は粘膜が癒着している。それを棒先で剝がして、エラで広げて、竿全体で慣らしていく――おそらく処女の醍醐味というものだろうが、ウィルにとっては別種の感慨もあった。

魔王をひとりの女に変えていく悦び。

天使を自分の所有物に貶《おとし》めていく充実感。

コツンッ――と突き当たりに到達した瞬間、その感覚は最高潮に達した。

「おおッ、全部入ったぁ……！」

「お、奥にぃ……！　反りがっ、食いこむのじゃ……！」

深く重なった腰と腰がともに震える。貫かれた側にしてみれば苦痛が極まってのことだが、貫いているほうは快楽の極みに総身が感動してのこと。

「女のなかが、こんなに気持ちいいなんて……くぅうッ」

ぬめつく襞粒の狭間で、震えはウィルの竿肉に募りゆく。

「ひっ……！　まさかそちは、またアレを出すのか……！」

魔王は敏感にその動きを察知して身を固くした。筋肉のこわばりは下腹を圧縮させて、膣肉をぐねりとよじらせる。

結合の悦びに酔いしれたウィルに耐えられる蠢動ではない。

「また出るっ、出るぅ……！」

ウィルは肉壺の一番深い場所で肉欲の高まりを解放した。

熱い粘りがすさまじい勢いで尿道から噴き出る。膣奥を打ち、へばりつく。股間からじぃーんと痺れが広がり、たまらない愉悦に頭のなかが白くなる。

「ひああッ、なんたることを、ぁあんッ、処女を奪って即射精などッ、おのれぇ人間め、わらわのなかをなんじゃと思っておるのじゃ……！」

不平をこぼしながらも、魔王の目はとろりと潤んでいた。

もしや悦んでいるのでは？

そんな思いつきを裏付けるように、肉壺がきゅぽきゅぽと肉棒を搾り出す。

もっとなかに出してほしいのでは？

そう感じた直後には、ウィルの体は自然と動きだしていた。

「ひあんッ、あああッ……！　ダメじゃッ、まだ動いては……！」

「すごッ……出しながら動くの、めちゃくちゃ痺れる……！」

絶頂に昇りつめながら腰を前後させると、高まりきった性感が弾けそうになる。もはや苦痛と区別がつかない領域で、それでも躍動は止まらない。

ぼちゅッと引き、エラの尖りで肉襞をかきむしる。

一瞬の間を置く。

ごちゅッと突いて、膣底に亀頭を押しつける。

休み休み動くのがいい。適度な刺激で射精が引き延ばされるし、狭苦しい穴に潤滑液が行き渡って具合がよくなる。

「おぉ、ぬめりが凄くて音もいやらしい……！」

「そ、そちがビューービュー出すからじゃろう……！」

「おまえの穴がいやらしいからだ、エロ魔王め！」

「なんじゃとぅ……あはぁあッ！」

反論を予期して抽送を加速する。ぼちゅっぼちゅっとリズミカルに。

射精の勢いが弱まり、性感も落ち着いてきたので、動きを激しくする余裕も出てきた。代わりに余裕が失われていくのは魔王だった。

「ぃひッ、ああッ、くひッ、いッあっアッあぁあッ」

憎まれ口がなくなって、身悶えに艶めかしさが増していく。

目は虚ろに――しかし潤みはむしろ増す。

女に疎いウィルでも彼女の変化の意味は容易に理解できた。

「おまえ……処女なのに犯されて気持ちいいのか」

その指摘に魔王はハッと目の焦点を合わせた。

「は、はぁ？　童貞の腰振りなど気が抜けるだけじゃが？」

「おりゃっ、気合い突きッ」

「ひぃぃいんっらめぇええッ！」

めちゃくちゃ感じてる。

「もう痛みもないみたいだな……」

「ぐっ、ぬぬぬぅ、童貞のくせに知ったような口を……」

カリ首が引っかかるまで引き抜いていけば、結合部からごぷりと大量の白濁があふれ出した。破瓜の血が混じっている様子はない。魔王であれば自然治癒力も並み外れているのも道理。

加減が必要な時期は過ぎたということだ。

「本気で動くぞ」

言うが早いか、スパンッと腰を叩きつけた。

「ひッ……ぃッ、あッ……！」

鋭い一撃で魔王は呆けた顔をした。なにをされたかわからないと言うように。

逆にウィルは冷静だった。絶頂と射精はすでに収まり、昂ぶっていた性感も平常時に戻っている。愉悦の上乗せで神経が焦げつくこともない。

「よし……動ける！」

素早く引いて、結合が解ける寸前から——全力で突く。

パンッと小気味よく音が鳴った。

「ッッッ……んぃいいッ……！」

魔王の細い手首が暴れているが、手枷と鎖が動きを封じている。ウィルを押しのけたいのか、それとも自分の体を抱きしめたいのか。拘束された彼女にできるのは、ただウィルの突きこみを受け入れることだけだ。

「あっ、あッ、あぁッ、あーッ、あぁーッ、あぁああーッ」

パンパンと肉音が途切れなくなると、魔王の喘ぎも止まらなくなる。

脳がとろけそうな甘い音色だった。

魔王という楽器を奏でる気分で、ウィルは鍛えあげた体を駆動した。

「魔族の王ともあろう者がこんな情けない声をあげるなんてな……！」

「じゃ、じゃって、ああぁッ、そちが、そちが、こんな硬いものでぇ……！」

いやいやと首を振る様はまるで幼子。可愛すぎる。

突くたびに頼りなく揺れる脚は細く、いとけない。可憐だ。

結合部のサイズ差は寸法を間違えたかのよう。痛ましい。

――優しくしてやりたい。

そんな気の迷いを消し飛ばす光景が目の前にあった。

暴れる乳肉だ。

「俺にはわかるぞ……おまえの邪悪さはここに詰まっている！」

ウィルは双乳を力任せに握りつぶした。

「あひッ、そ、そこはただ肉がつきやすいだけじゃ……！」

「つきすぎだ！　乳デブ魔王、絶対に許さん！」

柔らかすぎて指がどこまでも沈んでいくのが、許せない。だから揉みながら突く。

乳房の弾力も膣内の凹凸もほどよい反抗だ。

懲罰を受けて気持ちよさげに喉を晒すのも、許せない。だから乳首をつねるし、突きこみに力も入れる。暴力的な責めで膣も乳も屈服させたかった。

なにより許せないのは、切なげな顔と声である。

「はくぅうッ、はぁんッ……！　こんな責め苦は初めてじゃ……んぁあッ」

魔王はすっかりよがりっぱなしだった。眉が垂れ落ち、口は開きっぱなしの間抜け面で、ときおり耐えかねたように歯を食いしばる。その落差が快感の大きさを如実に表している。

「このっ、なんでそんな可愛い反応するんだ……！」

ウィルは複雑な心境に錯乱寸前だった。いくつもの感情が矛盾しながらぶつかり合い、欲情に拍車をかける。

怨敵に懲罰と制裁を下す充実感。

初恋の相手を我が物とした至福感。

天使を傷物にした罪悪感。

単純に可愛いものを見てキュンとする感覚。

もうわけがわからないけれど、とにかく腰を振らずにいられなかった。

「くンッ、あぁぁあッ、ここまで激しく動くものなのか……！」

「人類の怒りの激しさだ！　そらもっと食らえッ！」

「あくぅぅうッ、股が焼けるのじゃ……！　んッ、あぁぁーッ！」

彼女はすでに息も絶え絶えの様子であった。大量の汗と愛液に服はおろかベッドまで湿っている。そのためか、花の蜜のような体臭がますますもって濃厚だ。性臭混じりでひどく淫靡な気分をそそる、まさしく牝の匂い。

（頭がクラクラしてくる……！）

あるいは食肉花のごとき魔王の攻撃だろうか。

だとしたら守勢にまわるより攻勢だ。

「おまえの匂いを俺の匂いで覆い隠してやる……！」

ウィルの腰遣いはすこし変化した。魔王を責めるためというより、自分が気持ちよくなるための小刻みで奥まった出し入れに。

とびきりの男臭を食らわせてやろうという意志のままに。

「ぁああッ、その動きッ、ダメじゃっ、あぁんッ、速すぎッ、ぃあッ、やめよウィルぅ、んううううッ、やめよダメじゃダメだめらめぇえッ！」

魔王の喘ぎが早口になっていく。顔の火照《ほて》りが広がっていく。

限界の間際で彼女は眉を懸命に引き寄せた。

「いやじゃ……そちに犯されてイクなど耐えられぬ……！」

拒絶の言葉。

しかしそれと裏腹に、膣肉はいとおしげに男根を頬ばっていた。

「おまえの体はイキたがってる……！」

ウィルはその言葉を証明すべく、最後のひと突きを最奥にお見舞いした。

魔王は目と口を大きく開く。声をあげる余裕すらない。一分の隙もないハメ込みで、双方は喜悦の頂点に震えあがった。

「俺も……イクぞ！」

――魔王と一緒に、俺はイクんだ。

はぁっ♥
はぁっ♥
はっ♥
ズプッ♥
ズプッ♥
ズプッ♥
じゅぷっ じゅぷっ じゅぷっ♥

末期の膣蠢動に反り棒が揉みこまれ、痺れと熱が尿道を駆けのぼる。

快感の塊が噴き出した。

ビュー―ッ、ビュー―ッ、と衰え知らずの勢いで最奥を乱れ撃つ。

その衝撃が魔王のオルガスムスすら何段階も底上げした。

「かっ……ぃあぁ……！　あぁあああッ、なんじゃッ、なんじゃこれはッ……！　あはぁあッ、知らぬ、こんなの知らぬぅううぅッ、んんんんんんぅううううううううううううぅうぅううッ！」

魔王の背が折れそうなほど反り返る。連動して蜜穴がペニスを圧搾。子種を吸い出そうという牝特有の蠕動だった。

「ぁぁあッ、吸われてるッ、魔王のなかにぃ……！」

彼女の体に求められている――求めに応じて精を出している。

絶頂を共有する多幸感にウィルは涙すら流した。

(俺……やっぱりこの魔王が好きなんだ……！)

怨敵だの制裁だのと取り繕う理性すら、愉悦が剝がしていく。

ぎゅーぎゅーと締めつける膣が好きだ。いくらでも精を注ぎたくなる。

ビクビクと痙攣する華奢な体が愛しい。抱きしめたくてたまらない。

重みに負けず上を向く豊乳に目を奪われる。愛情のキスをお見舞いした。

汗と精で顔に張りついた黒紫の髪も、壁にいくつも傷をつけた角も、快楽に淀む目も、だらしなくヨダレを垂らす口も、なにもかもが愛しくて仕方ない。

「ひぁあああッ、お、おのれぇ、わらわをここまで乱れさせるとは、ぁひッ、あぁああ、ゲスの精液出すぎじゃあッ……！」

強がる言葉も膣のうねりと同期していては、愛の囁きと大差ない。

「もっとだ、おまえのなかにたっぷり出してやる……！」

返す言葉も愛の囁きだ。腰の動きも同様である。

股をぐりぐりと擦りつけて、すこしでも結合を深くした。収まりきらない牡汁が結合部から飛び散る。言葉にならない想いがあふれるかのように。

「いいか魔王、おまえは……」

彼女の鼻先に顔を寄せた。

「な、なんじゃ……はんぅうッ」

あどけなくも淫らに歪む面立ちに、ウィルは生唾を飲む。

「おまえは、俺の……」

絶頂の勢いを借りて宣言したい。自分の想いを。

竜の郷の戦士でも人類の代弁者でもなく、ひとりの男として。

「俺の……」

ふと鼻孔をくすぐる匂いがあった。

栗の花に似た刺激臭――彼女の顔にぶっかけた自分の体液の匂い。

陶酔気味の気分が醒める。

「今日からおまえは俺の、俺個人の奴隷だから覚悟しろ！」

言いたいことはそうじゃない。でもそれが精いっぱいだ。

彼女は殺せない。さりとて魔王を許すなどありえない。

奴隷としてコキ使うのが最大限の譲歩だった。

「そ、それは……あぁんっ」

魔王は終わらない快楽に声をいきませる。

「つまり……肉奴隷というヤツじゃな」

なぜだろう。心なしかその瞬間、彼女の顔に笑みが浮かんだ気がした。

しかしすぐに敵対的な睨視が飛んでくる。

「この下劣な淫猥めッ、王を肉奴隷にするなど身のほどを知れッ」

「おまえこそ身のほどを知れ！　魔族に敗北し苦しめられた人々の痛み、このビクビクと淫らな肉穴に思い知らせてやる！　オラッ！」

「あふんッ、いきなり動くでないぃッ……！」

「オラオラオラッ」

「おひぃいいぃいいぃいいッらめぇえええぇえッ」

ウィルはまた射精の終わらないうちに動きだした。

愛しい奴隷をよがらせ、身のほどを思い知らせるために――


朝日が昇る頃、ウィルはようやく逸物を抜き取った。

半固形の精液が股や太腿に太い糸を何本もかける。

直後、十回ほど中出しした汁がゴポリとあふれ出した。タライをひっくり返したみたいに大量の白濁がベッドを汚す。

「おぉ……精液ってこんなに出るものだったんだな」

ウィルは腕で顔の汗をぬぐった。

股間の逸物は名残《なごり》惜しげに半勃ちだ。

もちろんその精力は一般人と比べられるものではない。訓練と秘薬で向上した身体能力には性機能も含まれている。

「ああ……ぅ、はうぅ……」

かたや全生物の頂点と謳《うた》われる魔王はぐったりして腰をビクつかせる。股も秘裂も開きっぱなしで閉じる気配がない。いつまでも精液が流れ落ちていた。

冷静になって見ると、惨い。

いくら胸が大きいとはいえ、ほかは少女サイズだというのに。

いや、たとえ大人の女であろうと悲惨な有様だろうか。

「……だいじょうぶか、魔王」

こわごわと訊ねてみる。

彼女は茫洋として虚空を眺めていた。

「おーい、終わったぞー。いくら弱ってるからって、魔王ともあろうものがこの程度でへこたれたりしない……よね？」

ウィルはツンツンと肩をつつく。

ぱちくりと魔王がまぶたを開閉した。瞳に光が戻る。

「んっ……うぅ、おお、勇者ウィルベール・ヒンリクタス」

彼女は身を起こそうとしたが、腰に力が入らないらしく苦笑した。

「わらわにこれほどの屈辱を与えたのは、そちが初めてじゃ……」

「それはまあ、そうかもしれない」

「許せぬ……絶対に許せんのう、くふふぅ」

「なんでそこで笑う……？」

聞き間違えではあるまい。彼女の口は三日月型に笑んでいる。

「いやあ、実にまったくもって許しがたい凌辱魔じゃ！　もーほんと恥辱と憤怒で世界を焼きつくしたくなるのう！　業腹、業腹！」

「ものすっごく嬉しそうに見えるんだが」

「ブチキレておるぞ？　なんせ力任せに犯されたのじゃからな。魔王といえど女であれば怒って当然じゃ、この外道め！　あー強姦業腹、強姦業腹！　くふっ」

戯れを口にしているようにしか見えない。

もちろん「人類の偉大さを思い知りましたウィルベールさま愛してます」などという反応を期待していたわけではない。むしろ殺意と憎悪を絡めて睨みつけられる覚悟もしていたのに、

「しかもわらわを奴隷にするなどという暴挙！　許せぬ！　……が、わらわはこのとおりの腰砕け。あー逆らえんのう。くふふ、今日から奴隷魔王じゃのう」

「俺、どう反応すればいいんだ……」

「黙れ肉奴隷犯すぞっていうか犯す犯した屈辱に泣き叫べオラッとでも」

わけがわからなくて困惑する。

どうやら魔王はウィルの預かり知らぬところで、勝手になにか納得したらしい。

「と、とにかく俺は……」

「また犯すのじゃな、ゲスめ」

「朝飯の準備してくる！」

「む、む？　そうか、朝餉《あさげ》の時間か……仕方あるまい」

ウィルはひとまず魔王の部屋から逃げだした。

だがすぐにドアを開き、剣と鎧を回収する。

明星の鎧を手早く装備して、今度こそ部屋から退出した。

『犯すにしても方法があるでしょう。せめて殴りながらとか』

百竜の剣からヒュドラの思念が伝わってくる。

「うるさい、それよりなんなんだアレ」

『魔王の心など知ったことではありません。もっと暴力的に犯してください。というか暴力そのものでいいです。いざいざ拷問』

「そんなひどいこと、俺は……」

できない、とは言えない。自分のやったことはただの暴行だ。

でも純然たる暴力とも違う――と、口に出すことははばかられた。

矛盾した気持ちを抱えて歩いていく。

ふいに廊下の奥から名前を呼ばれた。

「ウィルベール・ヒンリクタス様！　救援要請です！」

槍を持った兵士が落ち着かない様子で近づいてくる。

「ザプリア城塞攻略戦において火竜騎士団壊滅の危機とのこと！」

それは魔都からほどない場所にある城塞だ。

ウィルの頭のなかが澄み渡った。戦士の本能が雑念を排除する。

「すぐ出向こう。準備をしろ」

「はっ！」

兵士は喜色満面。魔王殺しの勇者が戦いに発つ様に昂揚しているらしい。

ウィルもまた意気揚々と歩み出す。

「あ、それと準備はふたり分、ひとりは女だ」

ごく自然に付け加えていた。

剣からため息が聞こえた気がする。

# II ふたり旅　わらわはMで惨めなメスブタなのじゃ

魔族とは元来、一定の種族を指すものではない。

暗黒神群の信奉者が《闇の太陽》の祝福で妖化したもの——オークやヴァンパイア、獣魔や邪竜。それらの総称が魔族なのである。

暗黒神群の幼体たる魔王は統治者と言うより、崇拝対象と呼ぶのが正しい。

だから、つまらない——ラズルシアは常々そう考えていた。

誰も彼もが魔王の視線ひとつで平伏し、言葉を無駄に重く受け取る。

「今夏はずいぶんと暑いのう」

「ははーッ！　人間どもを氷漬けにして連れてまいります！」

「えっ。いや待て、そんなことは言っておらぬ」

「では集落丸ごとひとつ氷漬けに！」

「そちはなにを言っておるのじゃ」

「島ひとつ氷漬けにしろとは……さすが魔王陛下、清々しいほどに邪悪!」

万事この調子である。

魔王を讃える歌も禍々しく、

——一言一句が虐殺の呪詛、一挙一動が滅亡の災厄。

バカにしてんのかと言いたい。

暗黒神群だから悪事が大好き、などということはない。人間に広く崇拝される聖光神群との折り合いが悪いので誤解されがちだが、神々にも個性がある。ラズルシアはどちらかと言えば穏健派の気質だ。

ただちょっと、並みの人間なら視線ひとつで死にかねないだけで。

声をかければ全身が崩れ去るだろうか。

肩でも叩けば爆散しかねない。

ならばもはや、なにも言えない。なにもできない。

ラズルシアは分厚い鎧に身を包んで言葉を慎んだ。玉座で沈黙を守っていても邪悪な目論見の最中だと解釈されるが、もう知ったことか。

ただただ静かに待つばかりだ。

魔王の邪視呪言を物ともしない存在を。

†

ザプリア城塞はウィル到着から五時間で陥落した。

城門を守る《鋼鉄の巨人》がウィルに討ち取られた瞬間から形勢逆転である。

堅牢な城門は巨人にのし掛かられて崩れ去った。

火竜騎士団が疾風怒濤《どとう》で攻め入り、激戦の末に敵将の首級をあげた。

「もう俺の力は必要なさそうだな」

勝ちどき轟《とどろ》くザプリア城塞を、ウィルは外から眺めていた。

「ウィルベール様のお力添えあればこそです！」

すぐそばで年若い騎士が恭しく膝を突く。あどけない顔と精密な意匠の鎧からして貴族の子弟だろう。その目は憧れに輝いていた。

「われわれの危機に颯爽《さっそう》と駆けつけ、巨人を討ち倒すウィルベール様の勇姿！　いまも目に焼きついております！」

「巨人に傷をつけたのはおまえたちだろう。俺はあそこから剣を突き立てて、百竜の力を内側に叩きこんだだけだ。俺ひとりの手柄じゃない」

「なればこそ！　われらとともに勝利を祝しましょう！」

熱烈な誘いにウィルは小さく笑みを返した。

「皆と肩を並べて戦うことができた……俺にはそれで充分だ、戦友よ」

きびすを返して馬に飛び乗る。

決まった。

一度言ってみたかったのだ。このかっこいいセリフを。

少年騎士は感動のあまり落涙寸前である。

決まってる。決まりまくってる。理想的な英雄像を完璧に実現してしまった。内心小躍りしたい気分だ。

「あ、ですが……そちらのレディも長旅でお疲れでは？」

少年騎士は馬のそばに控える女に気を遣った。

フードを目深にかぶり、マントで身を隠した女だった。かすかに覗く口元からこぼれるのは、甘く耳を溶かす囁きだった。

「気遣いは無用だが……すこし腹が減っておるやもしれぬ」

耳を溶かし――脳を蝕み――人の心を冒す流行病《はやりやまい》じみた声。

少年騎士の目から光が消え、がくりとうなだれる。

「ハイ……では、この身を供物に……」

催眠状態で剣を抜こうとする少年騎士に、ウィルは慌てて絶叫した。

「わーわー！　俺たちはいますぐ発つ！　団長殿によろしく！」

「えっ……あ、ええ、はい、では」

少年は怯えた様子でチラリとフードの女を見やり、青ざめた顔で逃げだした。

その様子に女は肩をすくめる。

「つまらんのう。力が衰えてもなおコレじゃ」

「だからしゃべるなって言っただろ、バカ！」

「だれがバカじゃ。口を利かせたくないなら猿ぐつわでも噛ませればよかろう」

「そんなもん噛んだ女を連れまわせるか！　俺をなんだと思ってる！」

「魔王強姦魔」

「うぐっ」

事実だから言い返せない。

「無理やり犯した女を連れまわす男がいまさらなにを言うか。ほれ、手を貸せ。気の利かぬ男じゃのう」

彼女が手を伸ばしてきたので、ウィルは渋々馬の背に引っ張りあげた。ふたり分の体重と闇の力に馬が震えだす。ヒュドラの加護がなければ全身の血が沸騰して死んでいたかもしれない。

『だから、とっととトドメを刺して野ざらしにしろと言ったのです』

ヒュドラの思念はいかにも不機嫌だった。

「……簡単に殺したら制裁にならない」

ウィルは小声の言い訳を風に流すべく馬を走らせた。


馬上から眺める闇大陸は風光明媚なものだった。

木々は青々と茂り、雪山は鋭く尖った峰を並べ、空はどこまでも高い。

肌寒いのもいっそ心地よくて、ウィルは自然と目を細めていた。

どこまでもつづく草原を走れば心が軽くなる。

「こう見ると意外と普通なんだな、闇大陸と言っても」

『闇の太陽ありし頃は昼も夜の色に染まっていましたが、アレはアレで普通の太陽と変わらぬ恵みを草木に与えていましたから。人や獣にとっても、真昼のもっとも光が強くなる時間帯に気をつければ大きな害もありません』

魔王との決戦時、闇の日差しに背を焼かれたのも害のある時間帯だったからだ。もし外で戦っていれば勝敗は入れ替わっていたかもしれない。

思い出すだに戦慄するような戦いだった。

未曾有《みぞう》の難敵であった少女は、ウィルの懐で楽しげに笑っている。

「この太陽は実にまばゆい。まるで刺すようじゃのう……くふふっ、この無遠慮な差し込み具合、だれかさんの強姦ぶりとそっくりじゃ」

「おまえ爽やかな太陽に謝れ！」

清々しい気分が台無しだ。ウィルは怒鳴りつけて小さな彼女を見下ろす。

そこに、ふたつ――重たげに揺れ動く柔肉があった。

馬が駆けるに従って、ぼいんむぼいんむとリズミカルに――弾む。

「ぬ、ぐ……！」

ウィルは恐るべき魅了物から目を逸らした。

旅用の軽装はドレスと違って胸元に切れ込みがない。だが布に丸ごと包まれた乳房が揺れる様には、半露出ともまた違った趣がある。おのれを押さえつける布から逃げだそうと暴れる姿は、猛々しく、艶めかしい。

「と、とにかく、魔王ならもうすこし、外では慎みってものをだな！」

「そちこそ外で魔王などと口走ってよいのかえ？」

魔王はいやらしく問い詰めるように半笑いだった。

『魔王を連れ回してるなどと知れ渡れば大問題ですね』

ヒュドラにまで指摘されて、ウィルは口ごもる。

魔都から魔王を連れ出したのは独断であり極秘裏だ。そもそも魔王を生かしていることすら同胞には知らせていない。

「わかったよ、べつの呼び方にする……けど、ラズルシアってのもまずいよな」

ウィルはすこし考えた。

「――ルシア、とか」

口に出してから、気恥ずかしくて赤面した。

「ほう、ルシアとな」

魔王は目を閉じてふむふむとうなずき吟味する。

「……馴れ馴れしいのう。美的感覚もないしキモい」

『キッモ』

「じゃあどうしろって言うんだよ！」

恥ずかしい想いをしてひねり出したのに、あんまりだ。

「あるじゃろ、ほかにもいろいろと美麗な呼び名が。たとえば……」

「たとえば？」

ウィルは子どもっぽく口を尖らせ訊ねた。

「そう、たとえば――奴隷女とかメスブタとかメスオークとか」

「……ごめん、なんて？」

ひどい空耳だった。さすがにありえない。

「わらわに二度も語らせるとは……いいか、三度はないぞ。奴隷女、メスブタ、メスオーク。虜囚を虐げる貴様の意を汲んだ配慮抜群のネーミングじゃろ？」

ありえた。

「人前でそういうのはさすがにちょっと……」

「まだ軽蔑感が足りぬと？　では、そうじゃな、肉便器とか精液拭き雑巾とか、俺の精子が主食の浅ましい虫ン子、長いから略して、オマ……」

「わからない！　おまえがなにを言いたいのかわからない！　もうややこしいからルシアでいいだろ！」

正気と思えない字《あざな》の数々にウィルは絶叫した。

なぜわざわざ自分を貶めようとするのか、意図がわからず不気味ですらある。

「このたわけ！　腑抜けたか！」

理不尽に怒られた。

「そちは申したであろう！　魔王は殺さず、生かして辱めを与えると！」

「そ、そんなこと言ったっけ……？」

「ならなぜわらわを生かしておるか！」

言葉にしたかはともかく、自分の所業を見ればほかの解釈は難しかろう。他者に問われても、おそらくそう答えるしかない。

「それを聞こえのいいあだ名で呼ぶなど、おぞましいと思わぬか！」

「そりゃそうかもしれないけど……おまえだって俺のことウィルって呼ぶだろ！」

「ぬ、たしかに……」

魔王は頰に手を添えて思案する。

「ではこうしよう。貴様は今日からご主人さまじゃ！」

「なんでそうなるんだよ！　おまえホントになんなんだよ！」

「くふふふふッ、イヤか！　そんなに苦痛か！　それこそ我らにふさわしい関係じゃな！　もっともっと苦しめ、ご主人さまめ！」

「このクソ魔王……！　もう絶対にルシアとしか呼ばん！」

「くはははははははッ、ご主人さまご主人さまご主人さま！」

「ルーシーアー！」

「ごー主人さまー！」

怒鳴り合っていると突如、馬がいななきをあげた。それどころか、その場で乱暴に跳ねまわってヨダレをまき散らす。

目の色が変わっていた。正気の様子ではない。

『魔王の声は呪詛に等しいと教えたでしょうに』

「声が高くなって妖気が濃くなったか……！」

ヒュドラの加護も限度があるということだろう。

狂乱した馬はウィルと魔王を振り落とした。

†

魔王の地位など必要ない。

魔王を頂点とした支配体制にも興味がない。

命すらどうでもいい。肉体が滅んでも魂は天上の暗黒神群に迎えられる。

せっかくだから華々しく散るべきだろう。勇敢な戦士と真っ向から戦って負けるのが理想的だ。最期ぐらいは全力を出し尽くしたい。

尊大なる王が地を這うとき、妄信的な魔族はなにを感じるだろう。

絶望か、あるいは失望か。

魔族と敵対する者は歓喜と軽蔑に沸き立つに違いない。

想像するだに背筋が震える。生まれたときからお膳立てされていた王の威光を踏みにじられてこそ、自分は本当の自分になれる——多分、きっと。

いつしか期待は膨れあがり、悦楽の予感すら内包した。

そしてついに、玉座の前に彼が現れた。

魔王を打ちのめす力を持った人類最強の勇者が。

落馬して地面に転げ落ちながらも、ラズルシアは平然と立ちあがった。

痛みも怪我もない。力が戻らずとも魔王はいまだ頑強。

まさに好機だと彼女は考えた。

「まったく、どうしてくれるのじゃ。使えんご主人さまじゃのう」

わざとらしく肩をすくめる。ウィルが腹を立てるのも計算ずく。

彼は走り去る馬を眺めていたが、案の定、苦虫をかみつぶしたような顔をした。

「いまのは最低でも半分はおまえの責任だろ」

「虜囚を満足に支配できぬから馬も御せんのではないかえ」

「おまえさ、馬と同列にされて嬉しいの？」

魔王の尊厳を踏みにじる指摘に下腹がキュンとした。

「そちこそどういう了見じゃ。馬は人間の最良の友と言うじゃろう。友を精液雑巾と同列に扱って失礼とは思わんのかえ？」

負けじと自分でも尊厳を踏みにじる。キュンキュンした。

草原を渡る風も心地よい。生きてる実感、湧きまくり。

安易に死を選ばなくてよかった。

せっかくだから、もっと実感を味わおう。

「ははーん、さてはアレか。馬を精液雑巾にしておる系の変態か」

くしし、と歯から擦り出す下品な笑い方で挑発。

「いくらなんでも、それはおまえ、言いがかりすぎるぞ」

ウィルの顔は盛大に引きつっていた。

「最良の友でなく最良の肉便器か……悔しいのう、女として馬にも劣るとは」

魔王は大げさに嘆いた。胸に腕を埋めて豊熟した肉付きを強調しつつ。

ごくりとウィルがツバを飲む。目つきが熱っぽい。

「なんじゃ、その目は……またわらわをイジめたいという顔じゃな」

そろそろガマンの限界だろう。ここぞとばかりに魔王はマントを左右に開き、自分の体を見せつけた。

「わらわの体をそう何度も好きにできると思うでないぞ！」

旅装束は袖なしのワンピースを腰ベルトで締めつけた簡素なもの。胸が窮屈な一方で、小さな肩と細い脚が剝き出しになっている。朝露を凍らせたような白い肌がウィルの視線を吸い寄せる。

ごくり、とふたたび喉音。

「あまり調子に乗ってると……また懲罰だぞ」

きた。ザプリア城塞までの旅路で三度もくり返されたパターン。

「愚かなことを！　そう何度も何度もご主人さまごとき煩悩猿にもてあそばれるわらわではないひぃぃいぃいンッ」

言葉の途中で胸を鷲づかみにされた。服に爪を食いこませ、憎々しげにこねまわす鬼畜の手つき。脳髄にバチバチと火花が散る。

（くぅうぅう！　これじゃこれ、このブチキレ揉みがたまらんのじゃ！）

王として崇《あが》められていた頃は知らなかった。他者に胸をもてあそばれることがひどく屈辱的で、甘美な悦びをもたらすなどと。

「どうだ、痛いか！」

「んくあぁあッ……痛くなどないぃぃいッ」

「これならどうだオラッ、反省しろオラッ」

両乳を責められると痛悦も二倍。小さな体に不釣り合いなほど大きな乳房は、感度も抜群に良好。魔王は腰までガクガクと震わせた。

「あんんッ、へ、ヘタクソぉ……！　こんなもの痛くもかゆくもない……！　じゃからもっと激しくしてみるとよいことがあるかもしれぬぞ！」

「やせ我慢だな、ルシア。もう膝が笑ってるじゃないかオラッ」

「おひぃぃいッ」

実際のところ、ウィルの乳責めは格別にうまい。力加減が巧妙で、魔王が痛みを欲しているときは強く、快感を欲しているときは弱く揉む。ときおり期待を外して焦らしたり、不意打ちを食らわせるタイミングも絶妙。

（さすがは人類最強……！　わらわの弱点を的確に読んでおる……！）

回数を重ねるごとに乳揉み巧者になっていく。無限の成長性に魔王は畏敬の念すら覚えたが、表面上は反抗的な態度を崩さない。

「んッんぅうッ、ヘボ勇者めッ、これしきの揉みしかできんのか……？」

「秘技――鰐牙螺尖掌《スピラ・クロコデイロス》」

服越しに乳首をねじあげられた。押し潰されそうなほど力強く。

視界が白むほどの衝撃だった。

胸先から全身へと快感の波動が広がり、絶頂の痙攣が後を追った。

「おんんんぅううッ、乳イジメでイクうううぅーッ！」

「えっ、うわ早っ」

「えひぃいいッ！　ちっ、乳首効くぅうッ、あおぉおおおおッ！」

いたいけな童顔が悦楽にゆるみ、ヨダレが垂れ流しになる。か細い肢体は嵐に襲われた小船のように頼りなく揺らいだ。

（わらわの手に負えぬこの感覚、たまらぬぅ……！）

王の権勢など通用しない。局部的に熟した豊乳が性感で全身を支配している。

その乳房を支配するのが、勇者ウィルベール・ヒンリクタス。

「お、おのれぇ、ご主人さまめぇ……あんんっ」

「反省……したか？」

やりすぎたかな、というようにおずおず訊いてくるところが、ちょっと頼りないけれど——そういうときは、ちょっとツンとした態度を取るべし。

「ば、馬鹿馬鹿しい……いきなり人の乳を揉んでおいて反省を迫るなど、厚顔無恥にもほどがあろんひあぁあああああぁッ」

また話の途中で胸を揉み潰された。

だが今度はそれだけで終わらない。

プツ、プツ、と胸元のボタンが外れ、白い谷間と下着の紐が覗いた。

「あぁぁ……！」

垂れ落ちた唾液が柔胸の曲面を汚す。

ごくり、とウィルは喉を鳴らした。

「反省しないなら……次はもっと屈辱的なことをしてやる」

これだからウィルという男はたまらない。討ち倒されたときも、処女を奪われたときも、魔王の心はかつてないほど大きく揺さぶられた。

そして胸に誓ったのだ。生きるも死ぬもこの強き者に委ねようと。

魔王は草場に押し倒され、仰向けで胸を剥き出しにされた。

丸みを帯びた皮下脂肪は左右にたっぷり垂れ下がる。いくら若々しく張りがあろうと規格外の自重には耐えきれない。

ただ先端の桃色粘膜ばかりは小生意気に尖り立っている。

「またわらわを……無惨に犯すのかえ」

想像しただけで乳首がいっそう硬くなる。

「ああ、犯すぞ。ただし……この胸をだ！」

「な、なんと……！」

ウィルは魔王の腹をまたいで、股ぐらの大剣をさらけ出した。百竜の剣は手の届かない場所に放り投げている。例のごとくヒュドラの声を遠ざけるためだろう。

『やれやれ――熱心なことで』

うんざりした思念は魔王にもかすかながら感じ取れた。

（ふて腐れずともよかろう。わらわはこれから散々に虐められるのじゃから）

しっかり見ていてほしい。自分がどれほどの醜態をさらすのか。

乳房に触れられると、獣と出会った小娘のように身が震えた。

白い谷間に熱々の肉棒を据えられると、心臓が大きく弾んだ。

見下ろされたら、甘い屈辱感に下腹がうずく。

「ガキみたいに小さいくせして、胸ばっかり一人前に育ちやがって」

両乳が左右から押しあげられ、ぴったり閉じた。長大な逸物を包みこむ形で。熱と脈動が乳内にこもる。

「むっ、ふぬぅ……なんともおぞましき感覚じゃ」

「イヤか？　気持ち悪いか？　そうでないと罰にならない……！」

「あー悔しいのう、つらいのう……どこまでゲスなのじゃ、くふふふぅ」

「いま笑わなかったか？」

「絶対に許さんのじゃ、ゲスご主人さま！」

本音は絶対に言わない。ペニスを胸いっぱいに感じて超気持ちいいです、などと言ってしまうとシチュエーションがブチ壊しだ。

いまは無理やり折檻《せっかん》されているという感覚を大事にしたい。

「許さないのはこっちのセリフだ、邪悪な魔王め」

ウィルはゆっくりと腰を前後させた。

じっとりした乳膚を灼熱の塊がこする。

「んっ……はぅ、ぁあ……」

一往復ごとにかすかな媚感が染み渡った。激しい屈辱は感じないが、湯に浸かったような脱力感にうっとりする。まさに胸を犯すとはこういうことだろう。乳房を膣と同じ快楽の穴に変えられて、情けないやら興奮するやら。

しかしウィルは満足していないらしく、眉をひそめてうなりだした。

「汗だけじゃ滑りが足りないな……よし」

「なんじゃ……？　なにをするつもりじゃ？」

彼の口から放たれたのは、返答の言葉でなくツバだった。べちゃりと乳房に降りかかった瞬間、魔王は呆然とした。

王に上から唾棄するなど正気の沙汰とは思えない。

「な、なんたる無礼を……！」

「精液とかぶっかけてたし、いまさらだと思うけど……」

ウィルは唾液を乳間に揉みこんでから腰振りを再開した。

ニチャニチャと汚らしい水音が立ち、スムーズに男根が抽送される。

「よし、いい具合になってきた」

「そ、そちは、滑りをよくするためだけに、わらわにツバを吐きかけたのかえ」

「そうだけど」

素っ気ない返事。たぶん本当に潤滑をよくする程度の考えしかないのだろう。

そんな適当な態度で最高級の屈辱を味わわされた。

じわりと魔王の目に涙が浮かぶ。

「なんたる無礼、なんたる不遜……許せぬっ、許せんのじゃ……！」

歯噛みをして睨みつける。

「許さなかったところで、なにもできないくせに」

ウィルは取り合うことなく腰を振り、乳虐の快感に吐息をつく。

どこまでも人をなめた態度に、魔王のはらわたが煮えくり返った。

いや、煮えくり返ったのはもっとべつの場所か。

具体的に言うと、子宮。

「んっ、んぅううぅッ、許さぬぅ……はんぅううぅッ」

下腹が燃えあがって細脚がガクガクする。

「お、なんか乳首が充血してる」

「怒りのあまりに膨れたのじゃ……！」

「というか怒ってるのはこっちだ、この魔族女め！」

ウィルは血色の突起をギュッとつねりあげつつ、腰を加速させた。パンパンと乳肉が打たれ、そのたびに乳頭がもぎ取られそうなほど痛む。

「くふぅぅうッ、許さぬッ、あッ、こんな屈辱は絶対に、あぁあッ」

恨み言を言いながら、抗うこともできずに胸を犯される。

汚らしく泡立ったツバの感触を擦りつけられていく。

（いまのわらわ、超みじめったらしい！）

めちゃくちゃ燃える。

ツバだけでこんなに盛りあがるとは思わなかった。

「ああぅ、次にツバなどかけたら絶対に許さぬっ、殺すっ！　このスライム以下の低脳ご主人さまめ！　殺すから絶対にかけるでないぞ、絶対じゃぞ！」

「滑りがまだ足りないな……ペッ」

「ひぃいいんッ、許さなひぃいいぃいッ！」

今度は唾液が乳首にかかった。粘膜から神経、そして心まで穢された気がして、瞬時に全身が律動する。

そんな魔王を見下ろすウィルも興奮を隠せない。かすかな表情の揺れから複雑な心境も窺えるが、湧き出す衝動が彼を突き動かしているのだろう。

「なにが許せないだ……人間が魔族に与えられた屈辱はこんなもんじゃない！」

腰のストロークが大きくなった。乳圧を最大限に味わいながら、柔肉を思いきり打ちあげる攻撃的な動き。

「はくっ、あぁあッ、胸がもげるのじゃッ……！」

乳間から亀頭が覗いたかと思えば、弾き出された乳房が顎先を打つ。その衝撃で脳が揺れたのか、魔王の思考はまとまらなくなっていく。

ツバを吐きかけられ、乱暴にされて、胸も頭も熱くなった。

(いま、このうえなく生きておる……！)

充実感ありまくりだった。

乳房をこすられる感覚も小気味よいし、付け根が痛むのもドキドキする。

なにより王の尊厳が損なわれている実感がいい。

玉座で魔族たちに畏敬されていたときには感じられなかったものだ。

「もうちょっと……もうちょっと滑りがほしい……！」

ウィルは喜悦の頂を間近にして、最後の加速を得るべく唾液を吐く。激しい動きのためか、ツバは勢いあまって胸から顔へと橋をかけた。

柔らかな頬にべっとり、彼の口から出たものがへばりついている。

最大級の屈辱だった。

「んぁあッ……ゆ、ゆるっ、許せぬッ、ゆるしぇぬぅううぅううぅう！」

真っ白になりゆく感覚が脳天から子宮へとほとばしった。

絶頂だった。

背筋が押し潰した草から浮き、胸がぐっと持ちあがる。必然的に乳圧も変化して、ウィルに対する一押しとなった。

「うッ、出すぞ……！　雪辱の人類汁だ……！」

射精の瞬間の脈動が柔乳を波打たせる。

熱っぽい粘着感が乳穴に広がった。かと思えば収まりきらずに噴き出し、半開きの口元にまで付着する。唾液汚れと並んで凌辱風味も倍増しだ。

「んひぃいいッ、臭いのじゃ……肉欲脳のケダモノ臭じゃ……！」

「獣以下の匂いになるまでぶっかけてやる……！」

ウィルは鷲づかみの双房を股間に擦りつけ、オルガスムスを引き延ばした。たっぷり、ぎっとり、びゅーびゅーと、汚汁が艶めいた肌を汚す。

出しても出しても尽きることはない——そう思われた汁が止まったのは、胸はおろか首や腹にまで版図を広げた頃だった。

「うっわぁ、俺が言うのもなんだけど、めちゃくちゃになってるぞ」

乳房が開かれれば、白糸が蜘蛛の巣じみて粘着していた。

蹂躙の証としては充分すぎる有様だ。

「ぅうう、魔王ともあろうものがこんな扱いに甘んじるしかないとは、ぁああ、悔しすぎるのじゃ……！」

「そろそろ理解しろ。おまえはもう王じゃない……ルシアだ」

ここに来てまた、とんでもなく胸に響く言葉を投げかけてくる。

——もはや王ではなく、ひとりのルシア。

素肌が精子に馴染むみたいに、心がそれを受け入れたがっている。その名はきっと

ふあっ
びくっ！
くちゅ
くちゅ♥

自分を新しいなにかにしてくれる。

魔王は「うむ」とうなずいた。

「イヤじゃ！　まだまだこの程度の屈辱では納得できぬ！」

「胸も顔もドロッドロのくせに、まだまだってのか……！」

「たしかにー？　とんでもなくドロドロで屈辱じゃがー？　そち的にもまだまだ余力を残しておるようじゃしー？　魔王なめんなっていうかー？」

せっかくなので、もうすこし無駄な抵抗を楽しみたい。

汚辱棒はまだまだそそり立っているし、ウィルの目にも熱意がある。

「そこまで言うなら……また、思い知らせるぞ？」

「うっしゃ」

「なんだその、うっしゃって」

「あーあーめちゃ悔しいのじゃー許せぬ許さぬゲスご主人略してゲスゴシュ」

いいからさっさと犯せこの人間野郎という気分だった。

ウィルも覚悟が決まったのか、魔王の脚の間へと移動する。

優しい風がそよいだ。

蹄《ひづめ》と車輪の音が聞こえてくる。

「……荷馬車が来るぞ！」

「え、マジかえ？」

人類軍の輸送部隊か、それとも行商か旅人か。

ウィルは泡を食って手ぬぐいを二枚取り出し、片方を魔王に渡した。

「とにかく拭いて胸をしまうんだ、ルシア！」

「うむ、致し方ない」

べつに見られてもそれはそれで燃えそうだが。

いまはウィルの立場を尊重しよう。彼が本格的にヘソを曲げても困る。

ふたりがかりで精液汚れを拭いながら、ふと彼女は思った。

（ルシアと呼ばれて、応じてしまったのじゃ……）

くふ、と吐息にも似た含み笑いをこぼす。

「どうした？」

「なんでもないのじゃ、ウィル」

もはやここに魔王はいない。

人間のウィルとただのルシアが、ただ連れ添っているだけである。

†

行商の荷馬車が向かう先は人間の町だという。

ウィルが身分を明かすと、商人は嬉々として同乗を誘いかけてきた。

「あの勇者ウィルベールさまなら大歓迎でさぁ！　さぁさ、狭苦しい荷台ですがどうぞごゆっくり！」

商人は卑屈な笑顔の一方、剣と鎧と顔色を次々に値踏みしていた。

『ボクの値打ちがわかる程度には目が利くようですね。魔族体制下ではうまく媚びへつらって商売していたのでしょう』

「それは信用できるのか……？」

ヒュドラの思念に、ウィルは小声で問い返す。

『魔王を倒したアナタは闇大陸の頂点です。彼にとっては神も同然でしょう。まだ本物のウィルベール・ヒンリクタスとは確信していないでしょうが、裏切ることはありえませんよ』

釈然としないが、ウィルは商人の勧めに従って荷馬車に乗った。

積み重なった売り物の狭間はルシアと肩で押し合うほど狭い。

「なるほど、これが人間の馬車か。実に粗末で乗り心地最悪じゃな」

「乗せてもらって文句言うなよ」

「ここまでひどいとむしろ興味深い。ははーん、さてはそちが手配した新種の拷問具かえ？　最悪なのはそちの残虐性じゃな、くふふっ」

「ああハイハイ、笑ってろ笑ってろ」

適当に返して顔を逸らした。会話内容どうこうでなく、そうしないと彼女の髪が頬に押しつけられてしまうのだ。

おまけに独特の匂いが香ってくる。

花の蜜のような体臭――を覆い隠す、栗の花のような刺激臭が。

『精液の匂いはガンコですね。ぶっかけられたのがボクでなくて本当によかった』

「もっとしっかり拭いとくべきだった……気分も悪くなってきたし」

「む、そちばかり顔色を蒼くしおってズルいぞ。不快感をひとり占めかえ？」

「ルシアがなにを言ってるのか理解できないんだが」

彼女の童顔はほのかに上気して、ほほ笑ましいほど健康的だった。

空が黄金色に染まる頃、荷馬車は町に到着した。

こぢんまりした町――というか、農村だろうか。東西の農耕地は広く、南北を街道が貫いて交通の便もよさそうだが、どうにも貧しげな空気が漂う。中央の居住地に連なる家屋はそれなりの数だが、木造のボロ屋が目立つ。

「このあたりの麦は質がよくて、魔族に搾り取られてたんでさぁ。それも勇者様と人類軍のおかげで、多少はマシになるってもんですぜ」

「多少……なのか？」

「支配者が変わったところで、年貢を納めることに違いはなかろう。とはいえ、まあ、多少はマシじゃろう――極悪魔王の下におるよりはな」

物寂しい町で妙に目を惹くのは、道沿いにぽつぽつと並ぶ案山子《かかし》だった。十字に組んだ木に黒布をかぶせたもので、鳥獣避けではなく魔除けのような妖しさがある。

「お、旦那ぁ、面白いことやってますぜ！」

行商は街道を馬車で進みながら、嬉々として呼びかけてくる。

ウィルは車酔いで土気色の顔を持ちあげ、彼の指差す方向に目をやる。

「なんだ、あれ……？」

四辻の中央に広場があり、そこにひときわ大きな案山子があった。

まわりの粗末な平屋よりも背が高く、夕日を浴びて街道に落とす影は神蛇《ピュトン》のように長い。

その周囲に松明《たいまつ》を持った町人たちが集まっている。

鎧を着た兵士の姿も多々あった。

「あの鎧、人類軍の兵士だが……一体なにをやってるんだ？」

「そりゃあ旦那、魔王焼き祭りでさぁ！」

ウィルは凍りつき、ルシアは目を丸くする。

「問うぞ商人よ。それはつまり魔王が討ち倒された記念に、魔王に見立てた案山子を燃やして死後も地獄の業火で焼かれよバーカという乱痴気騒ぎかえ？」

「道沿いの魔王案山子も竹槍で突き放題でさぁ！」

「なんと……まるでサバトじゃな」

「ほらあそこ、もう魔王突きを始めてますぜ？」

行商は道ばたで竹槍を持った若い村娘たちを指した。

魔王をかたどった案山子を突きあげ、無邪気に笑い合っている。

「これは……いくらなんでも……」

ウィルは言いようのない不快感に二の句を継げなかった。その感情がどういったものであるのかは自分でもわからない。

ただ、見ているのがつらい。

「ルシア……だいじょうぶか？」

恐る恐る魔王当人を見やった。

きらきら光る星空が、そこにある。

彼女の瞳は好奇心で輝きまくっていた。

「めちゃくちゃ楽しそう……わらわもやるー！」

ルシアは軽やかに荷馬車から飛び降りた。

道ばたに竹槍を持った村娘の姿を確認すると、腰に提げた小物入れから紅色の宝石を取り出して押しつける。

「その竹槍を借りるぞ！」

「えっ、あの、宝石？　えっ、えっ」

「うっしゃ借りたぁ！　うおおおおおおッ、食らえ魔王ぉぉおッ！」

振りあげた槍が見事に魔王案山子の股間を貫く。

一刺しで止まらずさらに連突。華麗なステップを交えて舞うように。

案山子の股間が一瞬でズタズタになった。

「ちょっ、おい、ルシアなにそのテンション！」

ウィルも飛び降りるが、ノリノリのルシアをどうすべきかわからない。

「くはははははッ！　ブタめッ、メスブタ魔王め！　うりゃうりゃコレかッ、コレがいいのかえ！　なんという浅ましさ！　ペッ、ツバを食らえ！」

ツバは見事に胸に命中した。

ルシアは白い歯を剝き出してニシシと笑う。ウィルに向ける流し目は、いかにも物言いたげで皮肉っぽい。

「なんだよ、その目……」

「ご主人さまの真似じゃ。股ぐらをザクザク刺して胸にツバを……」

「人前でそういうこと言うのはマジやめろ。つかあんまり暴れるな、フードが外れて角が見えたら困るだろ」

「角なら軟化させて髪飾りに模しておる。それよりいまは魔王を刺すのじゃ！　うおりゃあ股ぐらに食らえ魔王！　おりゃおりゃおりゃッ！　無ッ様じゃのう魔王！　淫乱無恥じゃのう魔王！　くはははははッ、愉快痛快！」

高笑いが夕空に響く。

町人や兵士の視線がルシアに集《つど》う。

ウィルは連れの奇行をなんと説明すべきか苦悩した。

「あー、これは……なんていうか……」

カンカンカンと金属音が鳴り響く。

行商が新品の鍋を木の棒で叩いて注目を集めていた。

「者ども控えおろう！　ここにおわすお方をだれと心得る！　魔王討伐の若き勇者、ウィルベール・ヒンリクタスさまにあらせられるぞ！」

驚愕の波が辻の広場に広がった。

兵士たちはすぐに理解してその場に膝をついた。直接会ったことがなくとも、装備を見れば何者であるかはわかるのだろう。

彼らから猜疑の芽を摘むがごとく、百竜の剣から化身が現れた。白い肌を薄布で隠した、幼姿の竜女。宙に浮かんで金色の尾を揺らせば、輝きが花火のように広がって町を覆いつくす。その神々しさが彼女をただの童女ではないと物語っていた。

「ボクはヒュドラ――魔王を憎む百竜の魂。勇者ウィルベールは魔王との戦いに疲弊しています。人よ、彼の偉業に払う敬意があるならば、束の間の憩いを与えたまえ――」

神秘的な呼びかけに町人も総じて膝をついた。

おずおずと手を挙げるのは、禿頭の中年男性。

「旅人用の安宿でよろしければ、部屋をご用意できますが……」

「だそうですよ、わがいとしの勇者さま」

「ありがとう、世話になる。宿に行くぞ、ルシア」

ウィルの呼びかけは、しかし彼女の耳に届かない。

「くふふふ……この角度でこう突いたらキマるはずじゃな、おりゃおりゃ！」

ひどく胡散《うさん》臭い手つきで案山子の股間をえぐりまくり。

「あー、みなの者！　この娘は魔王に囚われていた貴族の令嬢だ！　魔族に辛酸をなめさせられてきたがゆえの狼藉、どうか許されよ！」

「待て、引っ張るでない！　そのデカい魔王が炎上するところが見たいのじゃ！　さあ燃やせ、焼きつくせ！　死すら生ぬるいほどの炎を魔王に！」

よくわからない盛りあがり方だが、ルシアの威勢は町全体に伝播した。

人々は次々に同調して声を高くする。

「魔王に火を！」

「魔王に炎を！」

「死すら生ぬるいほどの炎を、魔王に！」

大案山子の足下に積みあげられた薪へと松明が投げこまれた。

燃えあがる巨大な魔王の似姿に人々は興奮し、握り拳から指を二本突き出した。人差し指は太陽神《ペルフェクタ》を、中指は月光神《アチエルタ》を表す。双神の頭文字を取ってピースサインと呼ばれる歓喜の証だ。

歓声も刻々と大きくなっていく。ひときわ大きいのが当の魔王なのだが。

「いよっ、大炎上！　ざまぁみろ魔王ー！　悔しいか魔王ー！」

「いいから歩け！　さっさと宿に入れ！」

古びた安宿までの道のりがやけに遠かった。

宿であてがわれたのは二階の一室だった。

室内には窓とベッドがひとつずつあるだけ。それでもこの安宿ではもっとも豪華な部屋で、ほかは雑魚寝前提の大部屋ばかりだという。

「すごいのう、まるで犬小屋じゃ」

「竜の郷の寝床よりはマシだ」

『アレは牢獄みたいなものでしたね』

たしかにそうだが、竜の郷の重鎮に言われると嫌味にしか思えない。

「夕食は下の酒場で出してもらえるらしいから、食べたらさっさと寝よう。馬の調達もあの行商に頼んでおいたから、明日朝一番にここを出て……」

出て、どうしたものか。

魔王城に戻ってまたルシアを閉じこめるのか。

それともべつの場所で牢獄に入れるのか。

『そもそもなぜ魔王を外に連れ出したのですかね』

ヒュドラの皮肉に対する答えはない。

殺すのも置いていくのも嫌になってしまったから、としか言えない。

彼女と交わる快楽も、嗜虐的に扱う愉悦も、ただ彼女の美貌を眺めているだけの時間も、何物にも代えがたいと思えてしまう。

「なんじゃなんじゃ、辛気くさい顔をしおって。空気が淀むじゃろう。ほれ、アレを見て元気を出せ」

ルシアは顎をしゃくって窓の外を示した。

大通りの向こうで燃えさかる大案山子が見える。

「よう燃えておるわ……くふふぅ、悔しそうに焼き崩れていきおるわ！」

「おまえがアレ見て嬉しいのはどうなんだ」

「戯《たわ》けたことを。本当ならそちがやるべきことじゃろうに。案山子でなくわらわ自身を使ってな！　くははははッ、そうだ燃やせ！　魂に無限の痛熱を刻むのじゃ！」

「おまえ本当にどうしたんだよ……」

魔王が串刺しや火あぶりを好むのはわからないでもない。かと言って、人間ごときに自分の似姿を侮辱されて腹が立たないものだろうか。

ウィルが身を穢したときも、恨み辛みは口先だけという気配がある。

「もしかしたら気のせいかもだけど……」

「なんじゃ」

「おまえ、ひどいことされて心底悦んでないか？」

ぴたりとルシアが停止する。

視線が逸らされる。

二呼吸ほど間が空いた。

「……そんなことあるわけなかろう！　なんたる侮辱じゃ！」

「そ、そうだよな。さすがにそんな気持ち悪い変態なわけないよな」

「はうんっ」

「なんだその、はうんって」

「気持ち悪い変態だなどと、ふぅ、うふふぅ、下世話な言い回しじゃな」

ルシアは怒ってるような笑っているような得体の知れない表情だった。

モジモジと擦り合う細腿から、ちゅくりと音が聞こえる。

「濡れてるのか……？」

「えっ、いや、これは漏らしただけじゃが？」

「それはそれでみっともないな」

「ほふぅうん、そんな失敬な物言い許せぬぅんっ、んっあぁ」

細腰がビクつき、水音が大きくなる。

「やっぱりおまえ……」

「な、なんじゃその半眼。芸のひとつもできんくせにメシのおねだりばかり上手なバカ犬を見るような、目……あっふぅ、ふぅふぅ、許せんのじゃ」

頬を赤らめ息を乱す姿は真実を雄弁に語っていた。

魔王ラズルシアは変態だ。

それも被虐趣味の変態――

「Mか」

直球で問いかける。

否、事実を突きつけてやったのだ。

すると彼女の目は悦色に染まり、可憐な相貌はだらしなく脱力する。

「ふぁああっ……！　し、知られてしまったのじゃ……わらわの恥ずかしい秘密を人間ごときにぃ、んぁああッ、知られてしまったぁぁああああッ」

ルシアは総身を震わせたかと思えば床にへたりこんだ。

「……イッたのか」

「んぁああッ、魔王ともあろうわらわが、こんな醜態をさらすなど……！　いまだかつて一度もっ、一度もなひぃいいぃんッ」

座りこんだまま、また震える。

床板がじっとりと湿っていく。

被虐趣味であるばかりか、指摘されてイクなど正気の沙汰と思えない。

ウィルは「はは」と小さく笑った。かと思えば、その場にくずおれる。

「……俺はなんのために戦いつづけてきたんだ」

「うわっ、マジ凹みかえ？　それはそれで屈辱じゃのう」

「地獄の修業を乗り越えて、百竜の剣を使いこなせるようになったのに……こんな、こんなのが魔王だなんて、あんまりだ……」

半生をすべて否定されたようなものだ。被虐と屈辱を愛する魔王など、その気になれば棒きれを持った三歳児でも倒せるだろう。

情けなくて涙がこみあげてくる。

「勘違いするでないぞ、勇者ウィルベール・ヒンリクタスよ」

その声は凛々しく澄み渡っていた。イッたばかりと思えないほどに。

見あげれば、ルシアの童顔は気高く引き締められている。そこに王者の尊厳が感じられた。決戦のとき、鎧越しに感じた覇気がそこにある。

「わらわはあの戦いに全力を尽くした。この身のすべてを投じて戦った。肉体ばかりでなく魂をも賭けた結果の敗北じゃ。そちにとっては誇るべき勝利じゃ。それがわからぬほどウィルベール・ヒンリクタスは未熟な戦士かえ?」

立ちあがって窓を背にする魔王に、目を奪われた。

中央広場に燃えさかる炎が彼女の輪郭を赤く染める。

情熱的な色彩に引き寄せられ、ウィルもまた立ちあがっていた。

「俺も……あのとき、すべてを賭して戦った」

身も心も魂も燃焼し、人生のすべてを剣に乗せた。

打ち砕いたもののもまた、敵のすべてであったように感じた。

案山子をなぶって喜ぶ祭りに共感できなかったのも、本気で戦った相手への敬意が胸にあるからこそだろう。

あの感動に嘘などあるはずがない。

（そうだ……だから俺は、あのときこいつに……）

真剣にぶつかり合った相手だからこそ、魂に触れたからこそ、深く感じ入るものがあった。だからあのとき、生まれて初めて——

（俺は恋をしたんだ）

確信をもって見つめ合う。少女のようにあどけない魔王と言葉もなく。

彼女の輪郭を染める炎はますます激しく揺らめいている。まるでウィルの胸に宿った想いの炎と同期するように。

それどころか角のような尖りが生じ、腕まで生える。

中央広場のほうから悲鳴が聞こえた。

炎が巨人のごとき姿で暴れだしている。

「……なんか炎が怪物になってるんだが！」

「ん？　お？　ああ、アレは魔王炎じゃな」

「名前を聞いただけで嫌な予感がする……！」

「わらわは存在するだけで周囲に呪と魔を振りまく。しかもあの案山子、わらわの似姿じゃろ？　そりゃあ影響も受けやすかろう。くはははっ」

「くはははっじゃない！　クッソ、あんなもの俺がぶった切ってやる！」

ウィルは窓を開けて飛び出そうとした。が、愛剣から漂う不満げな空気に気づいて止まる。

「どうした、ヒュドラ？」

「あんなショボい炎よりも元を絶つべきでしょう」

ヒュドラは思念を飛ばすのでなく、わざわざ声を発した。それは音声に思念をこめたほうが強い力を持つからだろう。

つまるところ、彼女は力強く言い聞かせようとしているのだ。

「言っておくけど……ルシアは殺さない。俺はそう決めた」

金剛石よりも固い意志で言いきった。すべてを理解したいま、迷いもためらいもない。あの死闘を経て出会ったルシアという少女を、けっして失いたくはない。

当人は目を逸らし、面白くなさそうな顔で赤い頰を搔いているけれども。

「われらは宿敵同士じゃろうに、ぬるいことを……バカじゃな、そちは」

「ああ、バカだよ。自分でもそう思う。Mに言われたくないけど」

「は？　被虐趣味を理解するのは崇高な思想を持つ者だけじゃが？」

「知らん知らん、とにかく殺さない！」

ウィルは剣に怒鳴りつけてやった。けっして譲れない気持ちをぶつけるために。魔王への怨念に凝りかたまった魔剣に生半可な言説が通用するとは思えない。

「じゃ、イカせて中出しキメちゃってください」

いきなり要求が明後日の方向にすっ飛んだ。

「竜の郷で育ったウィル坊やには魔王殺しの強い因子が内在しています。それがどうやら、精液に多く含まれているらしく」

「なんと。では魔都にいる頃、魔力の快復が遅れていたのは……」

「中出しで内から侵蝕されていたからですね」

「やっぱりいろいろバカらしい気がしてきたぞ、俺は……」

真剣勝負で得た絆が、被虐趣味と精液パワーでドロドロに汚された気がする。

「はいはい中出し中出し。殴りながらレイプして泣かせちゃってください」

「お、それいいのう！　ヒュドラ、なかなかよい趣味ではないか！」

「髪の毛を引っ張りながらレイプも基本かと」

「ナイスアドバイス！　ウィルよ、そちの相棒は頼りになるぞ！」

「意気投合すんなバカ！」

ウィルは百竜の剣を窓の外に全力で投げ捨てた。

剣は広場で躍る魔王炎を貫いて霧散させ、そのままいずこかへ消えていく。

「むぅ……よいのかえ、愛剣をあんなふうに扱って」

「そのうち勝手に帰ってくるよ」

百竜の剣はその気になれば自力で移動できるし、戦うこともできる。竜の郷ではみずから戦士候補の稽古相手を務めることもあった。

ふたりきりの部屋でくすりとルシアが笑う。

「さて……どうするのじゃ？」

「どうって、なにが」

「わらわの体をどうするかじゃ」

ルシアは挑発的に薄ら笑いを浮かべた。

「わらわを殺さんのであれば、人々を厄災から守るためにもするべきことは決まっておるじゃろう？」

「それなら被害が出るたび俺が出ていって解決すればいいかなって」

「えっ、あの、なんじゃその結論」

薄ら笑いは狼狽に崩れ去った。

「にじみ出た呪詛ぐらいなら気合いで吹っ飛ばせるから……やっぱりさ、男女のああいう行為は勢いや遊び半分ですることじゃないし……」

自分の気持ちを受け入れた以上、理由はどうあれ凌辱は厭われる。できるなら、もっと優しく甘い関係を築きたい。白い花の咲き乱れる庭園で蝶を愛《め》でつつ、生きることの素晴らしさを詩にして贈り合うような。

「ふざけんなー！　なしじゃなし！　そんな甘い考え絶対許さーん！」

ルシアは握り拳をブンブンと上下に振る。

「アレか、そちはタマがついておらんのか！　いや大きめのがぶらさがっておるのはこの目で確かめたが、魂的には不能同然じゃ！」

「そんな挑発されてもなぁ、ネタが割れると腹も立たないんだけど」

「ぐぬぬぬぬぅ、わらわを倒したときの修羅の形相が嘘のようじゃ……！」

悔しげに歯ぎしりするのも、それはそれで可愛らしい。

だがすぐに口の端が吊りあがり、悪辣な笑みが浮上した。

「ならば嫌でもその気にしてやろう……」

パンッとルシアは両掌を打ち鳴らす。

手と手のあいだから漏れ出すのは、黒い光条。

ゆっくりと手が離れていくと、闇色に輝く矛盾性の発光体が現れた。

「まさか……あのときの技か！」

「左様――小型の闇の太陽を生み出す、わが最大の秘技！」

さすがにウィルも余裕を保ってはいられない。

闇の太陽は存在するだけですべての魔族を何倍も強くする。窓の外を見れば霧散したはずの魔性の炎が蘇り、ひとつの場所に集まろうとしていた。

「本来の万分の一程度のサイズしかないが、この近辺を暗黒神の祝福で満たすには充分じゃろう――――！」

「自分がなにをしているのかわかってるのか、ルシア！」

「そちの惰弱さゆえの運命と知れ！　そしてこの闇の太陽ミニを！」

ルシアが手の平を自分の腹に押しつければ、闇の太陽がするりと入った。

「わが腹中に闇の太陽！　そしてそちの手に百竜の剣はない！　となれば、もはや道はひとつ……嫌がるわらわを犯して虐めて中出しキメることだけじゃ！」

「嫌がってないじゃん……」

「あー、そちのようなゴミに触れられると思っただけで寒気がする！　見てのとおり腰がガクガクと震えておるわ！」

たしかにガクガクしているが、愛液も滝のように流れているのだが。

ウィルはため息を吐いた。

（まあ、これも試練の一種だと思えば……ルシアが嫌がってるのも口先だけだし、ちょっとぐらいは仕方ないかな）

頭のなかで納得できる理屈を並べて一念発起した。

ずい、と一歩ルシアに近づく。

「やる気になったのかえ？　トロいご主人さまじゃのう、わらわがその気ならこの小さな町ぐらい生命ひとつ残さず摘み取れたところじゃ。町ひとつ見捨てかけた気分はどふへひぃいいいぃいいいいんッ」

服越しに乳首をねじあげて言葉を封じる。

ルシアはすでに仕上がっていたらしく、ガクンと尻餅をついた。

彼女の胸が弱いことはすでにわかりきっている。だからこの反応も予期できた。間髪入れずに膝をついて追撃の乳首ねじり。

「おひッ、ひっ、いきなりギュッて、ギュッて、んんんぅううううッ！」

快感の身悶えに乳房が暴れまわっていた。つまみ潰された乳首にますます負荷がかかり、彼女の顔がとろりと間延びする。瞳は濁り、鼻の下は伸びて、半開きの口からは唾液がこぼれ放題。

「魔王がしていい顔じゃないな……オラッ」

「んおッ、また乳首っ、ぢぐぴぃいぃッ」

乳首をひねり、持ちあげれば、とうとう鼻水までこぼれだす。魔王の尊厳もへったくれもないし、美少女に似つかわしくない阿呆面だ。

なのに——呆れることも恋が醒めることもない。

(なんだろう、この気持ち……)

鼓動の位置が迫りあがって、口から心臓がこぼれそうな。

全身が熱を帯びて体が勝手に動くような。

「噛むぞ」

「ふえっ……?」

自然と顔が動いていた。肉乳の内圧で張りつめた服に口を寄せ、尖った部分を唇で優しく挟む。

「んぁ……」

優しい刺激にルシアがほんのり安堵したような吐息をつく。

まさに狙い目。ウィルは服越しの尖りに歯を立てた。

「ひぎッ」

彼女が目を剝いてもかまうことなく、歯をめりこませていく。コリコリに固まった乳首と言えど、歯より頑丈なはずもない。

「ぎっ、いッ、あひぃッ、ぃいいぃ……!」

左右に首を振って拒絶するのは痛みか快感か——そもそも拒絶でなく、単なる快楽反応なのだろうけれど。その証拠に彼女はカカトで床をこするように細脚を開いていく。むわりと漂う牝の匂いにウィルの本能が騒いだ。

——女に種を注げ。

——魔王に鉄鎚を下せ。

男の本能と、竜の郷の戦士の本能。

体が突き動かされて止まらない。

骨から小さな膝小僧をつかんで押しあげれば、服の裾がめくれて股が見える。

刻々とあふれ出す大量の愛液を阻むべき布が、見当たらない。

「……おい、なんで穿いてないんだ」

桜色の薄唇がくぱくぱとひとりでに開閉していた。

「そちが獣欲を抑えきれなくなる頃合いと思っての……どうせ破るじゃろ?」

「単に手っ取り早く突っこまれたかっただけじゃないのか?」

「そんなはずなかろう。そちに犯されるなど、じゅるっ、想像するだにおぞましくて吐き気がするのじゃ、じゅじゅっ」

「めちゃくちゃヨダレすすってるくせに……」

さすがに浅ましすぎるので、ウィルもイラッときた。

ペチッ。

気がつくと彼女の頬を軽く叩いていた。

「ぶ、ぶった……わらわの頬を」

「……ごめん、つい」

「あぁああ、ぶたれたっ、ぶたれたのじゃぁ……あぁああッ、すごっ、んぁああああぁああッ……！」

ルシアは満身で震えあがる。

陰唇がきゅっと窄まり、透明な露がピュッピュとしぶいた。

どうやら被虐趣味というものは想像以上に苛烈なものらしい。ウィルは驚き半分、得も言われぬ衝動に突き動かされた。

「そらっ」

乳首をつねる。

「くんんッイキながら乳首だめぇぇぇえッ」

反応は上々。

「そらっ」

今度は逆の頬をまた軽く叩く。

「おひッ、イッてるのにまたッ、ぁああッ」

ルシアは瞳までブレて焦点が合っていない。

ここだ、と鍛えあげた戦士の眼力で見計らう。

ウィルは即座にズボンをずらし、控えめな裂け目に亀頭を押し当てた。すでに充血しきって膨張完了。

「あっ、イキッぱなしでッ、イキッぱなしなのにッ……！」

「一気に奥まで行くぞ……！」

軽く押し分けて膣口を探り当てると、瞬発的に渾身で突き入れる。

肉を裂かんばかりの音が鳴った。

「おごッ……！」

目を剝き舌を吐き出すルシアを眺めながら、ウィルは根元まで粘着感に包みこまれていた。痙攣する襞肉がきゅうきゅうと海綿体を締めつけてくる。

そればかりか、鈴口がとびきり熱い。

「くぅ、闇の太陽がここにあるんだな……ならば！」

ズパンッと素早く往復して膣奥を突いた。

「ひぃぃッ」

「食らえっ、オラッ、食らえオラッ」

突くたびにじゅわっと熱が亀頭に染みこむ。尿道が焦げそうなほど熱いのに、もっともっとと求める気持ちもあった。

たゆまぬ腰遣いで闇の太陽を連打する。

「はんんッ、ひぎっ、はぎっ、待っ、待っで、ちょい待つのじゃっ、イクの止まらぬッ、おおぉおぉぉ……！」

ルシアは絶頂から解放されずに苦しげなほど悶えていた。

それに同調して、中央広場の炎も悶絶中。

「効いてる効いてる！　射精しなくてもこんなに効くのか！」

「あいッ、いぎっ、奥効くッ、効ぐぅうぅぅッ……んえぇえぇッ」

涙まで流している悲惨な童顔へと、ウィルはまた平手を見舞った。

「あひぃいいぃいぃッ」

これまた効果抜群で、膣口がペニスを食いちぎらんばかりに締めつけてくる。あいにくウィルの逸物は鋼もかくやの硬度。千切れるどころか気持ちいいだけだ。

大きさもルシアのか細い下半身からすれば拷問具じみている。

だが魔族の王の膣は、ウィルの肉棒に負けず劣らず頑丈。どれだけ乱暴に動いても痛がる様子はない。

（でも痛いほうが嬉しいんだよな、こいつ）

そう思えばこそ頬を叩くし、乳首も噛む。

腰遣いはできるだけ速く激しく。擦り切れたほうが負けという気概で。

勢いづいて突くうちに前進していたらしく、

こつんっ。

ルシアの頭が壁にぶつかった。

「あぁああッ、頭まで殴られたのじゃあぁッ」

「いまのは俺じゃないんだけど」

「ゲンコツとは容赦ない……鬼じゃ、そちは鬼畜の権化じゃっ、あぁぁああッ！」

聞いてくれない。コツコツと壁にぶつかるたびに背筋がわなないている。

なんだか面白くない。なぜだか腹が立つ。

ウィルは乱暴に彼女の黒髪を引っ張っていた。

「壁なんかでよがってんじゃない！」

「ひぃいっ、髪っ、女の命のっ、髪をつかむなどぉッ、おぉおんッ」

「聞けよ！　俺のでよがれって言ってるんだ！」

思い知らせなければならない。ふたりの立場というものを。

ウィルは腹立ち混じりに膨らんだ快感を、ここぞとばかりに解放した。

海綿体に甘い電流が走り、股間まわりの筋肉が猛り狂う。とびきり熱くて粘っこいものを牝の胎内に吐き出すべく。

「ああッ、ビクビクしておるッ……！　出す気じゃなっ、わらわのなかに汚らしい鬼畜汁をッ、ひぃいいいんッ嫌じゃ嫌じゃ、わらわの魂が穢れるぅーッ」

心底嬉しそうな反応にまた腹が立った。

心地よい怒りだった。病みつきになるような、嗜虐心の芽生えだった。

ウィルは彼女の膝を思いきり押しあげ、女陰を上に向かせる。

「俺の印をつけてやる……！」

一瞬、彼女の真上で力を溜める。

全力で突き降ろした。ゴッと子宮口にめりこむばかりか、床がわずかにたわむ。宿屋全体が揺れてほこりが落ちてくるなか——

ルシアは絶頂のさらなる頂に達し、男根を搾りあげた。

「いんんんんんんんんッ、ぁあぁああ死ぬぅううぅうぅうッ」

「死ぬなっ、死なずに食らえぇぇえッ！」

最高の快感に満たされて、怒りのエキスが射出された。喜悦まみれの白濁流が狭苦しい肉洞を穿ち、肉膜にぎっとりと絡みつく。この牝は俺のものだと刻みつける実感に、ウィルはたまらず打ち震えた。腰が勝手に上下してオルガスムスを助長し、マーキング汁を追加する。

間もなく白濁は襞の隙間にまで粘着して、ドプッと派手に横溢した。

「どうだ……！　闇の太陽もこれで消火できたか！」

「ま、まだじゃ……まだまだ、わらわの力は健在じゃ……！」

大きな絶頂がかえって区切りとなったのか、ルシアはどうにかオルガ地獄から解放されたらしい。だが、その目の挑戦的な色からして懲りた様子はない。竿先にも闇の太陽の熱が感じられた。

「なら……もっとキツイのいくぞ」

ウィルの口から自然とそんな言葉が出た。

本能がささやくのだ。もっとこの牝をいたぶれと。

「ふん……人間ごときがどこまでできるか見物だな」

ルシアはとりあえず強がっているが、鼻水まみれでは様にならない。脚はウィルの腰に絡みついて「最後の一滴までなかに出してくださいお願いします」とばかりに撫でまわしてくる。

まずはそれを外すところから第二局面は始まった。

†

ルシアは内心小躍りしていた。

いつになく乗り気なウィルがありがたい。

乳首噛みに平手打ちなどの小技は賞賛に値する。彼はやはり新たな世界に自分を導いてくれる存在だ。体位を変えるのに髪を引っ張るのも素晴らしい。

「立て、そこに手をつけ」

窓枠に手をつき、背後に尻を突き出せば、腰に彼の指が食いこんだ。それだけで期待に秘処が蠢き、中出し汁が滝のようにこぼれる。

「あぁ……ケダモノのように後ろから犯すつもりかえ」

畜生扱い。侮辱すぎて最高だ。燃える。

「もっと尻をあげろ、角度が悪い」

「わらわに命令など地上の何者にも……」

「オラッ」

「んひぃいッ」

尻に平手を受け、反射的につま先立つ。

ウィルが膝を軽く曲げてようやく高さが合い、硬肉がゆっくり侵入してきた。

「あぉおおッ、あッ、当たるっ、いつもと違うところぉ……！」

正常位とは男根の反りが逆向きなので、錠前に間違った鍵を差しこむような違和感があった。それがかえって強烈な刺激でルシアを酔わせる。

一番奥まで入る頃には、窓枠に爪を立てて快楽に耐えるほどだった。

「ぁあ……あぁっ、あーッ、これすごいッ、すごいのじゃッ……！」

「まだまだこれからだろ。動くぞ？」

返事も待たずに抜き差しが始まった。

ごりゅ、ごりゅ、とあちこちに引っかかり、肉襞がいくつも押し潰される。膣膜が癒着していた破瓜時を思い出すほど負荷が大きい。

しかも体勢的に相手の顔が見えない。

（なんという強姦度……！　これじゃ、この犯し方が一番効く……！）

勝負をしたわけでもないのに敗北感がある。

至福だった。

魔王冥利に尽きる凌辱具合である。

「あーっ、あーッ、アぁあーッ、溶けるぅ、闇の太陽溶けるのじゃぁ……！」

「濡れ方がすごくないか……？　こっちの脚までグッショリだぞ」

ふたりの脚は愛液で濡れそぼっていた。それどころか雫が結合部から床に落ちてピチャピチャと音を立てている。もともと水気の多い秘処ではあるが、それにしても潤い過剰だ。

「もしかすると……はぅんっ、レイプ力が高いと闇の太陽が液状化するのかもしれんのう、んっふ、ぁはあぁッ」

「言われてみると妙にネバネバする……！」

それは先に中出しされた精液のせいだが、さも汚そうに言われると屈辱感が楽しめるのでよしとしよう。

「もしかして、感じさせたほうが闇の太陽は消えやすいのか？」

「……よくぞ察した、勇者ウィルベール・ヒンリクタスよ」

そんな事実はない。

「なるほど、それなら……これでどうだッ」

ピシャンと尻に平手。

「きゃんッ！」

痛悦に背筋が跳ねる。

ピシャンピシャンと連打されて膝が折れそうなほど感じ入った。

ルシアの尻は形こそ美麗だが、土台となる骨盤が小さく肉付きそのものは薄い。あくまで清楚な美しさである。平手の衝撃が骨の髄までたやすく届く。

「あンっ、おンッ、抵抗できぬ体勢でこのようなッ、一方的な虐待をぉンッ、人類最強の勇者ともあろう者が恥を知らんのかぁあんッ、いひぃいいいッ」

「いや尻を叩かれてよがりまくってるほうが恥だろ」

「くぅうぅうッ、侮辱ッ、侮辱じゃっ、くふふふ最高ッ」

「心底恥ずかしい女だなおまえ！」

バチッとひときわ強く叩かれ、衝撃が脳までつんざく。

「きひぃぃッ……！」

ついにルシアの膝から力が抜けた。

落ちると思いきや、すんでのところで止まる。自分で踏ん張ったのではない。腰をつかんだたくましい手と、肉穴を押しあげる剛直のおかげだ。

「おほぉおッ、なかっ、なかに突き刺さるぅ……！」

すさまじい勃起力で支えられて感動がこみあげる。

元から勝てるはずがなかったのだ。こんな強い股間を持つ男に。

負けるべくして負けた――屈する運命だった。

（わらわはウィルの奴隷にされるために生まれたのかもしれぬ……）

めちゃくちゃな理屈だが心に違和感はない。膝が戻らないうちから突き責めを食らえば、快感が実感となって骨身に染みこんでくる。

この体はすべて彼に蹂躙《じゅうりん》されるために存在している。

粘膜も、肉も、骨も、全細胞がすべて。

「ほら、さっさと自分で立て」

突如、頭皮に鋭い痛みが走った。

「んきゅっ、うぅうッ」

髪が引っ張られたらしい。

反射的に膝とつま先がピンと伸び、細脚が流麗なラインを描く。

腰の高さが戻って動きやすくなったのか、ウィルの前後動が着々と加速した。

「ぁああッ、くひぃいッ、燃えるようじゃぁ……！」

カリ首のエラでガリゴリとえぐられ、蜜壷が沸々と煮えたぎる。もういつでも爆発できるほど高まっているが、あえてルシアは堪えた。堪えた分だけ快楽は蓄積され、オルガスムスが何倍も大きくなる。

「肌が熱くなってるぞ……後ろから犯されるのがよっぽど好きなんだな」

ウィルのやけに冷たい口調は努力の賜物か、それとも素か。

「ふぁあ、ずいぶんと様になってきたのぅ……」

やはり素材が違うのだろう。魔王を倒すほどの男がその気になれば、Mをよがらせるぐらいはお手のもの。

こうなると顔が見えないのが余計に想像を掻きたてる。

「の、のう、いまそちは、どんな目でわらわを見ているのじゃ……？」

「薄汚れたブタを見る目」

「んんんッぉおふッ、魔王からブタに転落……！」

「いや、ただのブタじゃなくて薄汚れたブタ」

ずぷっ
はっ
はぁっ
ぷるんっ
ぷるんっ

「ブタ社会でも下位層とはっ……！　ぁはぁんッ、もはや暗黒神群の風上にも置けぬぅッ！　あひぃいいッ、どん底ぉんッ！」

いかんせん魔王として生きてきたので、ブタとしての躾《しつけ》はなっていない。折檻を受けるのも当然だろう。

敏感な粘膜穴を掘削され、リズムを合わせて尻を叩かれる。

立場を思い知らされるコンビネーションだ。

「あんッ、おんッ、躾すごっ、しゅごひッ！　躾の一撃一撃に人類の怒りがこもっててめちゃくちゃ響くぅッ！」

「これが人類の怒りとか言ったら逆に失礼だよ！　これは俺個人の、あぃ……」

ウィルは言いかけた言葉を呑みこみ、言い直す。

「この行為には俺個人の侮蔑しかこもってない！　だというのに、こうも派手にブタ堕ちするとは、まるで魔王とは思えない卑小な存在だな！」

最高の尊厳踏みにじり台詞《ゼリフ》。

しかも頭を鷲づかみにしながら。

髪どころか頭そのものである。体格差あればこそだろうが、そのせいでうなだれていた顔も持ちあがって窓の外を見ることになった。

町の人々が水桶を持って駆けまわっている。

すこし見あげればガラス越しに少女のとろけ顔が見えるだろうに――

「あぁああッ、ダ、ダメじゃっ、この格好は……！」

「なにがだ？　こんなに締めつけてるくせに」

彼は気づいているのだろうか。自分の行為が目撃される寸前ということに。ルシアにとっては、惨めったらしい姿を第三者にまで見られかねないのである。神経がますます昂ぶった。

「ひあぁんッ、いやじゃいやじゃッ、こんな姿っ……！」

「往生際が悪ぃぞブタッ！」

「ひぃんっ、またぶたれたのじゃぁッ」

尻を叩かれた勢いで、せっかくだから胸のボタンをこっそり外してみた。窓の外から見えるか微妙な位置だが、見えると仮定したほうが燃える。

めちゃくちゃ、燃える。

「ブタめッ、こんなブタ女とは思わなかったぞクソッ」

ウィルもやたらと燃えていた。腰遣いはバネ仕掛けのように激しい。

引いては突き、引いては突く。

単純な動きはルシアの体を突き抜け、双乳を振り子にした。

「ああぁッ、あぁんッ、ぁあーッ」

付け根に鈍痛が生じるほど乳房が暴れまわる。それが妙にしっくりくる感覚で、やっぱりこの体勢で犯されるのは格別じゃのうと感動した。

ウィルはウィルで息が乱れ、海綿体をぷっくりと膨らましている。

お互いに限界は近い。

「ブタめッ、認めろブタめッ！」

ウィルの声は切羽詰まっていた。

「偉そうに魔王ぶってたけど本当はただのメスブタでしたと！　可憐な少女みたいな顔して俺を惑わせたけど、素顔はどうしようもない変態エロ女ですと！」

「くぃいいいッ、わ、わらわにそんなステキな、もとい惨いことを言えと！」

「言えないなら俺にも考えがあるぞ……！」

抽送速度が急激に落ちていく。カリ首から根元までペニス全体を使って、膣全体をゆっくり搔き擦る動き。心地よくも、もどかしい。

「言わないなら、抜いて自分でしごいて出す」

「言うのじゃ、よく聞いておるがよい天才拷問吏め」

ルシアは快楽にぼやけた頭で言うべき言葉をまとめた。

やがて口にするとき、胸がときめいて声がひどく上擦ってしまった。

「わ、わらわは……」

「わらわは？」

復唱しながら尻叩き。仕置き役ならではの心づくし。

「あぃいンッ、ま、魔王として君臨しながら、本音ではご主人さまに犯されたがっていたメスブタじゃ……！　澄まし顔などただの仮面じゃッ、ブタ扱いで乱暴されてブヒブヒよがり鳴くド変態底辺ブタこそが魔王ラズルシアの本性じゃ……！」

言いきった途端、空が晴れ渡るような爽快感が胸に満ちる。

ついに自分は本当の意味で解放された。

魔王の宿命から。暗黒神の運命から。おのれを縛るすべてのしがらみから——めくるめくメスブタ快楽の大空へと飛び立ったのだ。

「よく言ったブタ！　おめでとうメスブタ！」

バシンッバシィンッと尻二連打から、ウィルの手が細腰の掌握に回る。

ピストン運動が最高速まで急加速した。

筋肉の浮いた下腹が若尻を打って肉音を鳴らす。

「くっふぅんッ、ぁああッ、本気のブタいじめしゅごしゅぎぃいいッ」

「ああ、本気も本気だ！　おまえがそこまでメスブタなら、俺だって付き合ってやるさ…！　そうだ、俺はもう竜の郷の戦士じゃない……生まれ変わった俺はメスブタ折檻戦士、ウィルベール・ヒンリクタスだ！」

いったいどれほどの決意だろうか。彼は魔王を倒すためだけに人生の喜びを捨てて修業に明け暮れていたはずだ。

(それほどまでに……わらわをイジメたいと思ってくれるのか!)

ならばすこしでも彼に報いたい。

いまにも脚が崩れそうだが、力を振り絞ってつま先立ちを維持する。溜まりに溜まった快楽が爆発しそうだが、全精力をかけて抑えこむ。

「ぅうぅうッ、イクッ、イグッ、もうイグッ……! ふぅうぅ、でもまだじゃ、ああぁあメスブタにも一寸の魂ぃンンンンッ!」

「もうすぐだ、もうすぐ仕置き汁をくれてやるぞ、ブタ……!」

「んッおお、いまのちょっとヤバかったのじゃ……!」

「耐えろブタ、一緒にイクんだブタルシアぁああッ!」

尻がパンパン鳴って窓がガタガタ鳴る。

ウィルはハァハァと息を乱して自分はブヒブヒ。

——生きてるって素晴らしい。

感動が快楽に上乗せされ、とうとう堪えられなくなった瞬間、

「ぐぅうぅうッ、出すから全部ブタ子宮で飲めぇッ……!」

「んんんんんんんんッ、飲むぅ飲むのじゃあああッぃいいあああああああッ」

ふたりは同時に達した。

ルシアは全身全霊全筋肉を総動員して男根を抱擁する。

ウィルはそれに応えて、瀑布《ばくふ》のように射精する。

粘膜と粘液でふたりの境目がなくなりそうな濃厚な法悦だった。

「ぁあああぁッ、これがブタのしあわせ……！」

白目を剝くほどに気持ちいい。生きてるの、素晴らしすぎる。

執拗に尻を叩かれているのも、いい。忘我のはてに消失しそうな意識を痛みで引き戻してくれる。そのたびに惨めったらしい幸せを再確認できた。

「おおぉ、キュゥキュゥ締めつけてくるから、まだまだ出せる……！」

ウィルもうっとりとつぶやき、熱汁を猛々しく噴き出す。あまりの液量にルシアのお腹がぽっこり膨れた。

闇の太陽が息づく余地はすでにどこにもない。

広場の魔王炎も完全に消火されたらしく、勝ちどきの声が聞こえた。

「わかるか、ルシア……もう魔王の時代は終わりだ」

「うむ……残念じゃがわらわはメスブタ。受け入れるしかないのう……この凌辱汁を腹で受け入れているのと同じようにの」

ルシアは愛しげに腹を撫でた。

するとと似たような手つきで、ウィルに背筋を撫でられた。

「嬉しいんだろう?」

はいそうです、と答えるのは簡単だ。

だが従順すぎてもつまらない。惨めな気分を楽しむには、最低限の気概というものが必要となる。

「ひどい屈辱に怒り心頭じゃ……いずれ絶対に仕返ししてやるぞ」

「ええー……おまえが誘ったようなもんなのに」

「泣き言を言うな。それでもメスブタ折檻戦士かえ? 寝首を掻かれるのが嫌なら、手抜かりなく躾けるしかなかろう」

ルシアは振り向き、肩越しに流し目をくれてやった。

挑発すればきっと動いてくれると信じて。

はたしてウィルは平手を尻にくれた。

「ひゃうっ」

「決めたぞ、今日は徹夜で折檻コースだ」

結合したままルシアは持ちあげられ、ベッドに乗せられた。

抜かずの連続折檻に胸がときめく。

「やってみるがよい……メスブタの矜持《きょうじ》を見せてくれる」

期待をこめて高慢な笑みを浮かべる。

折檻戦士の雄叫びは町人の勝ちどきとともに天を衝いた。

†

勝利に沸く町を小高い丘から見下ろす者たちがいた。

その影は多様な形をしていた。

角がある者。手が四本ある者。二足で立つ者。四足で這う者。そもそも影のない者や、影そのものとしか言いようのない黒い塊もいる。

「この目にて見極めた……まさしく陛下のお力だ」

だれかの言葉に空気が張りつめる。

まわりの木々が怯えて震えるほどの、殺気。

「グククッ、陛下をお助けし――魔族逆転の契機となす！」

魔族たちは闇に紛れて丘を駆け降りた。

# III

# 勇者と姫　恋人気分なんて折檻で吹き飛ばせ

それはよく見慣れた光景だった。
ドラゴンの群れに取り囲まれて、無数の牙に晒される夢。
ウィルは裸身でありながら、臆することなくそれらと向き合う。
「……俺は魔王を殺さない。殺す必要はない」
決意の声に対し、ドラゴンたちが漏らすのは困惑の唸り声。
——正気か、人の枠を越えし者よ。
——人類の頂点を極め、我らを従えたのは、魔王を殺すためではないのか。
——水の溜まった瓶《かめ》の冷たさを忘れたというのか。
彼ら百竜には過去のすべてを晒している。故郷の村が魔族に焼かれたことも。
水の溜まった瓶のなかはとても冷たい——当たり前のことだが、それを全身で知る者は少ないだろう。

ウィルはそれを知っていた。故郷の村が魔族に焼かれたとき、自分だけ瓶に隠されて生き延びたからだ。膝を抱えて、肩まで水に浸かって朝を迎えた頃、村は死体の山となっていた。

馬小屋の藁に隠された子どもたちは炎に巻かれて死んだ。

――あの日の冷たさは冷徹な殺意に……

――その後の熱病は灼熱の憤怒に……

――ウィルベールよ、貴様はそうして竜の郷の地獄を乗り越えたはずだ。

――殺せ、人よ！

――屠れ、人を超えた者よ！

――魔の命を我らに捧げよ！

――魔王の命を消し去るのだ！

かつて深く共感したドラゴンの憎悪が夢に渦巻く。ともすれば呑みこまれそうになるが、ウィルは胸に湧き出す想いを拠り所として不動を保った。

「生かして折檻しつづける！　そのほうが屈辱も長続きして復讐向きだ！」

宣言は剣のごとく憎悪の渦を断ち切った。

夢は嵐の後の静けさに包まれ、ドラゴンたちの姿がぼやけていく。輪郭を失った巨獣たちはひとつに繋がり、融け合って、小さな少女の姿となった。

「ボクは……ウィル坊やの味わった地獄をよく知っています」

ヒュドラは笑うでも怒るでもなく、半眼で淡々と言う。

「流した涙の数も体の傷の数も、夢精の回数も、どういった女性に勃起するかもよく知っています。あなたは、我が子です」

「親なら我が子の性事情には触れないでほしいんだけど！」

「ボクは百竜の権化であり、ウィル坊やの剣であり、母であり、鏡でもある——ボクの困惑はアナタの心の奥底の迷いでもあるのです」

「俺の……困惑？」

その指摘に胸を貫かれたように感じた。

「あの日の瓶の冷たさ、そして熱病の熱さ、地獄の日々——それらを捨てきれないのは、あなた自身ではないのですか」

図星、なのだろうか。ヒュドラに返す言葉は意図せずすこし遅れた。

「それでも俺は……決めたんだ。折檻戦士として生きることを」

はぁー、とヒュドラがため息をつく。

世界が暗む。夢が終わりゆく。

「さし当たっては有象無象を刻み殺して、地獄に叩き落としましょう」

それは剣を振り下ろす一瞬に垣間見た幻影だった。

ウィルは一刀のもとミノタウロスの牛頭を縦に割った。

勢いあまって股まで断ち切り、地面にも深い裂け目を作る。吹き乱れた斬風がミノタウロスの背後の木を邪狼の群れもろとも引き裂いた。

「眠くて狙いがバラけるな……」

『ボクを放り投げて快楽に耽った罰でしょうね』

ヒュドラの皮肉は眠気覚ましにちょうどいい。

なにせ日の出前である。突如として宿屋を襲撃した魔族とその手下を、ウィルは寝ぼけまなこで迎撃していた。宿に迷惑をかけるのも気が引けるので、戦いの場は外に移してある。真っ先にリーダー格らしき魔族騎士を仕留めて以降、一ダースほどいた敵をテンポよく刻み殺して、残るは黒衣の魔道士のみ。

「おのれ人間め……！」

魔道士は民家の屋根に立ち、骨張った手で印を組む。黒いフードの下から覗く目は、顔の中央にただひとつだけ。血走り、黒く染まり、相手の魂を釘付けにする魔性の目。そこから放たれる邪悪な視線に呪言が絡む。

「聖樹腐れて根の果てなるもの、汝《なんじ》すなわち地獄なり――怨々笑いて生き腐れッ、心の臓！　心の臓！　心の臓！　心の臓！」

言葉を重ねて呪詛の狙いを絞っているのだろう。並みの人間なら心臓が腐って溶けるところだが、ウィルは顔色ひとつ変えずに深く息を吸う。

「喝！」

気合いで呪詛を跳ね返した。

逆流したエネルギーで魔道士の頭が破裂する。

『三等魔道士とは侮られたものですね――ウィル坊やはボクが手塩にかけて育てた最強の処刑者。魔貴族級の呪詛もそよ風にすぎません』

ヒュドラは我がことのように勝ち誇る。竜の郷で彼女は《地獄の権化》と恐れられる鬼教官だった。その指導のおかげでウィルは強くなれた。

いちはやく町の異変に気づいたのも、鍛えられた察知能力あればこそだ。

「まだ残っていたか」

ウィルは宿の上に蝙蝠《こうもり》が舞い降りるのを見た。

黒い翼は見る間にマントへと変貌し、体は蒼膚の人型に変じる。

「吸血鬼か」

「すこし寄り道をしていたので遅れた。ちょうどいい墓場があったのでな」

肌の色こそ異様だが、顔立ちは端整な青年である。彼がマントを翻せば、町のあちこちから異様な唸り声と悲鳴があがった。

『死霊術《ネクロマンシー》の心得があるようですね』

「死人を蘇らせて町人を人質に取ったわけか」

「私は美食家でね。この町の人間は吸うほどの価値もない。餌が妥当だろう」

吸血鬼は大げさに肩をすくめて目を細めた。

「さあ……返してもらおう。我らの星、暗黒神の落とし子を」

要するに主君を取り戻したいということか。

ウィルはどう答えていいのか迷い、顔を歪めた。

「……豚舎のブタで手を打ってくれないか」

「はは、くだらぬ冗談だ。なめてんのか」

「いや違う、そうじゃないんだ。わりと本気であいつブタだから」

「ははははは！　人質皆殺し決定ー！」

吸血鬼は怒りに血管を浮かべた壮絶な笑顔で、指をパチンと鳴らした。

瞬間、町全体がすさまじい重圧に包まれる。まるで空気がすべて溶けた鉛に変わったような、すさまじい重み。吸血鬼が出しうるものではない。

その正体は厳かに響く声だった。

――塵に還《かえ》れ。


ただの一言で重みは消えた。

死者たちはその命に従い塵と化したことだろう。吸血鬼など問題にならない高位の支配力に、即席の魔物が抗えるはずもない。

「へ、陛下、なにゆえ……！」

吸血鬼は主の姿を求めて首を振る。

背後を見たとき、狼狽の表情がさらなる驚愕に染まった。

そこにいつの間にか、百竜の剣のきらめきがあったからだ。

「食い散らかせ、群竜のあぎと」

ウィルは竜魂の牙をちりばめた一撃で吸血鬼を細切れにした。

ダメ押しに竜気を炎に変えて一片残さず蒸発させる。吸血鬼は強い不死性を持つので、徹底的にやらねば次の満月に復活しかねない。

「今度こそ殲滅完了かな」

ウィルは屋根の上から町を見渡した。

心なしか苦しげな嗚咽があちこちから聞こえる。

『魔王の声にさらされたのが効いたようですね。向こう一カ月は軽い病気にかかったり悪夢を見たりするでしょうが、命に別状はありません』

「一瞬でこれか……すごいんだな、魔王って」

『平然としていられる自分の体に感謝し、その体を鍛えてくださった者に心から敬意を表しなさい、わがいとしのご主人さま』

「はいはい尊敬してます感謝してます百竜の魂たちよ」

地平線から太陽が昇る。

闇を切り裂く白い光を、辻の広場から眺める者がいた。

恋する乙女のように陶然とした顔で、彼女は日の光を浴びている。

その横顔にウィルは見とれた。

「きれいだな……」

我知らずつぶやく。

『育て方を間違えたかもしれませんね』

ヒュドラの嘆きはウィルの右耳から左耳へ抜けていく。

恋は盲目であるばかりか難聴すらもたらすのだ。

†

「グク、ククっ、クククッ——先遣隊が全滅したか」

「気のせいか、わが第三の目が確かなら、陛下が邪魔してたような……」

「馬鹿馬鹿しい、そんなことがあるものか」

「もしかしてアレじゃね？　手段が生ぬるいって逆鱗《げきりん》に触れたんじゃね？」

「グ、なるほど……陛下ならまず人質を数人躍り食いしてから交渉しろとか、問答無用で全員不死者《アンデッド》に変えろとか言うに違いない」

「そもそも人質取ってなんとかなる相手ッスか、あのバケモノ」

「宿の屋根に飛び移る動き、わが第三の目にも映らなかった……」

「人間じゃねぇよ、アイツ……」

「そりゃ陛下を倒すぐらいだし……」

「もしかして俺たち、すごく無謀な戦いを挑んでね？」

「グ……！　そうは言うがな！　陛下のお力でふたたび闇の太陽を生み出してもらわねば、われらの力は全開とはいかぬ！　人間どもの物量に抗えぬ！」

「全開じゃないのにあのバケモノと戦うとかマジ死ねるんスけど」

「グヌぅ……それはおまえ、勇気とガッツとチームワークでなんとか」

「我、帰っていい？」

「グ！　待て待て、作戦を考える！　次こそはかならず陛下を取り戻すのだ！」

†

ウィルとルシアは馬二頭を調達し、逃げるように町から出ていった。

不義理とは思うが致し方ない。

『町の者たちは病に伏せっています。この有様ではいくら中出しで魔王が弱まっているとはいえ、長居はあまりよくないでしょう』

双方のためにも立ち去るのが吉だ。

ひとまず目指すはダヴォリウト。近辺でもっとも大きな人間の街。

「闇大陸って案外人間の集落も多いんだな」

「闇の光を浴びて魔族化できる者は限られておるからな。それに人間はよき労働力じゃ。適度に頭がまわるし犬のように従順にもなるし、繁殖力も高い」

「俺の前で人間を犬呼ばわりとはいい度胸だな」

ウィルは並走する少女を半眼で睨みつける。

フフン、とせせら笑いが投げ返された。

「ブタ界の最底辺であるわらわが、犬以上の立場からモノを言っているとでも？　従順さの欠片もないし繁殖力も低いし頭のなかはお花畑じゃぞ、寝ぼけるな！」

「命がけでおまえを奪い返しにきた連中がかわいそうになってきた」

「やつらが欲するのは象徴としての魔王と闇の太陽の祝福じゃ。わらわではない」

ルシアは面白くもなさそうに言った。

だが、当の魔族にとって魔王が必要なことに変わりはない。

その後、二日の道のりで三回の襲撃があった。

ウィルが返り討ちにするたび、ルシアが大げさに嘆く。

「なんかズルいのう……こやつらばかり折檻を受けおって」

「折檻っていうか殺してるんだけど」

「わらわも一度ぐらい百竜の剣で折檻されたいものじゃが」

『やっちゃいましょう、ご主人さま。八つ裂きにしてみせます』

「だから折檻で殺したらダメだろ！」

「モノは試しじゃ！　さあ来い、あの日の決闘のごとく！」

あまりにもルシアがしつこいので、ウィルは剣を使わず生身で折檻した。

定番の乳いじめでアクメ三回。弱体化用の中出しでさらに二回。その時点で絶頂が止まらなくなり、尻叩きやツバ吐きで悶絶する始末。

「おひぃいッ、ブタイキ祭り開催中ぅンッ！　アソコが焼き豚になるぅぅうンッ！」

「百竜の剣なくても盛りあがりまくってるじゃないか……」

ウィルはうなだれながら、内心さほど疲れてもいない。

（こんな変態魔王に付き合ってやれるの、俺だけだよな）

満足感すらあった。

旅をしながら初恋の少女を折檻しつづける生き方も悪くない。

『いつまで自分を誤魔化していられますかね』

ヒュドラの冷たい思念は聞かなかったことにした。

そんなことがたびたびあって、三日目。

寂しげに笑うような三日月の下、煉瓦と石造りの硬質な街が見えてきた。

しっかり舗装された道の左右に、三階建て程度の建物がずらりと規則的に並んでいる。あちこちに灯っているのは魔法のかがり火だろう。

「すごいな……生活水準は魔都に近いんじゃないか」

夜だというのに往来は活気づき、客引きの声も激しい。

軒を連ねる店の看板は扇情的なデザインばかり。

店先から流し目をくれる女たちの着衣は、無闇に派手で露出が多い。

「もしかしてココって……そういう街なのか？」

『ダヴォリウトは歓楽街です。本来は人が魔族に奉仕するためにありましたが、すでに客層が変わっているようですね』

魔族の姿は見当たらず、人間の兵士らしき男たちが幅を利かせている。娼婦と腕を組んで鼻の下を伸ばしている兵に、ウィルは眉をひそめた。

「まだ戦いはつづいているのに、なにを遊び呆けているんだ」

「魔王レイプの達人が言うことではないのう」

『使命を放棄して処断対象と股遊びに暮れる大陸一の怠慢男が偉そうに』

ぐうの音も出ない。たしかに人のことを言えた義理ではなかった。

一方で、ウィルの姿を見るなり酔いから醒める兵士も多い。

「あそこにおわすはウィルベールさまでは……」

「バカな、あの方は魔王を倒して前線で活躍しているはず」

「しかしあの剣と鎧はまさに百竜の神具――」

「俺は直接剣の訓示をたまわったことがあるが、あれは紛れもなく……」

ざわめきが広がっていく。

ウィルとしては騒動を避けたいので、別人のふりができないかと頭をひねる。

だが背後からの声がすべてをご破算にした。

「者ども控えおろう！　ここにおわすお方をだれと心得る！　魔王討伐の若き勇者、ウィルベール・ヒンリクタスさまにあらせられるぞ！」

歓楽街に衝撃が走った。

振り向けば見覚えのある行商が荷馬車に乗ってニヤニヤ笑っている。

「へへぇ、どうも勇者さま。こたびもなにとぞご贔屓《ひいき》に、ゴホッ」

咳きこみ、鼻をすする。例の魔王の一声で体調を崩したようだが、商人の意地で追いかけてきたのだろう。

「こちらにおいでくだせぇ、勇者さま。とびっきりの宿をご紹介いたします。きっとお姫さまにもご満足いただけますぜ、ゴホホッ」

「あ、ああ、恩に着る」

「ゴフホッ、アッシのこたぁ勇者さま御用達の便利屋と思ってくだせぇ！」

ウィルたちは商魂たくましい行商の案内に従った。

兵士たちは遠巻きに憧憬の眼差しで勇者を見あげ、噂話に興じている。

「噂は本当であったか……ウィルベールさまに見目麗しき道連れがいると」

「なんともはや、白百合のごとき可憐さではないか」

「ウィルベールさまと並ぶ姿のなんと愛らしい……」

心なしかルシアにまで注目が集まっている。

まずい――彼女の正体だけは知られるわけにいかない。場合によっては魔王焼き祭りを案山子でなく魔王本人で行おうという声もあがるだろう。

「ルシア、おとなしくしてろ……」

小声で釘を刺しておく。

「うむ？　それはブタなら身のほどをわきまえろという話か？」

「幸せそうにほほ笑みながら言うこっちゃないだろ」

「ブヒヒ」

「せめて普通に笑ってくれ、頼む」

豚会話をしているうちに、兵士どころか娼婦たちまで噂話に加わっていた。

「アタシらも噂で聞いたんだけど……勇者サマってアレでしょ？　魔王から救い出した姫君と婚約したとかなんとか」

ブフッとウィルは真顔で呼気を噴き出した。

「あの方だけは絶対に誘惑するなよ、商売女ども」

「わかってるわよ、あんなお似合いの恋人同士を引き裂くほど野暮じゃないわよ」

「まったくだ、幸せになってほしいと素直に思える」

「お、顔を赤らめておられる。聞かれてしまったか？」

「むしろ堂々と讃えてあげるべきじゃない？」

歓楽街の意志は統一された。

人々は高らかに声を合わせる。道行く者も、店の窓から顔を出した者も。ピースサインを天に掲げてかしましく。

「勇者ウィルベールさまと可憐なる姫君に幸あれ！」

「魔王殺しの勇者と未来の細君に三日月の祝福を！」

「ふたりの初々しい愛の夜に乾杯！」

問答無用の祝福の嵐にウィルは小さく手をあげて答えた。それが全身全霊の精いっぱい。顔はトマト色だし関節は硬直しきっている。

隣ではルシアが馬のたてがみにキスせんばかりにうつむいている。耳はやはりトマト色。プルプル震えているのも一緒か。

『勇者と魔王をここまで追い詰めるとは、恐るべし民衆の善意……』

ヒュドラの思念は感心気味に半笑いだった。


行商の紹介してくれた宿はけばけばしい装飾の館だった。

看板に記された店名は《過剰なまでの愛の巣》。

案内されたのは赤っぽい魔法灯で照らし出された手広い部屋。先日の宿と違ってテーブルも椅子も備えつけで、壁には見たこともない道具がずらりと並んでいた。

『淫具ですね』

「あの商人、絶対に御用達になんかしない」

ウィルはベッドに座りこんで大きく息を吐いた。円形のベッドはふたりで寝そべっても充分に余裕があるだろう。でもそれなら、ベッドをふたつ用意するぐらいの気遣いがちょうどいいのに。こんな方向性の気遣いは願い下げだ。

「とりあえず今夜は普通に寝よう。ルシアの影響がどの程度街に出るか様子見してから滞在期間を……いやでもやっぱり即出ていったほうが……」

長居すればするだけ祝福の嵐が勢いを増すだろう。

道を歩くだけで恋人扱いされ、持てはやされ、冷やかされるに違いない。

想像するだに恥ずかしくて、男だてらにモジモジするしかない。

「だってなぁ、恋人だなんて……それはちょっと……なぁ？」

『めちゃくちゃ顔がニヤニヤしてますが』

「笑っちゃうよな、ハハハハ、恋人同士だなんてな！　ハッハッハ、うふふふへへへひひははっ、恋人っておまえ、俺とルシアがそんなフヒヒッ、なぁ？」

不気味な笑いを振りまき、同意を求める。

ルシアはいまだに深くうつむき、プルプルしていた。

耳は血を噴きそうなぐらい赤い。

「なぁ……ルシア？」

ウィルは心配になってきて、顔を覗きこもうとした。

途端に彼女は顔をあげた。目を剝いた怒りの形相で、グッと拳を握りしめて。

「いますぐわらわにパンチじゃ、ウィルベール・ヒンリクタス！」

「いきなり自分に攻撃的だな！」

「立場をわからせろと言っておる！　パンチキックに強姦・レイプ・鬼畜責め！　図に乗るなブタと罵り、モノ扱いで性欲解消！　最後にツバを吐きかけ――」

一呼吸を挟んで、キメ台詞。

「ビア樽よりガバガバで使いモノにならねぇぜ死ねゴミがっペッペッ」

「自分で言ってて悲しくならないか……？」

「想像するだに興奮するわ！　さあ、興奮で嫌な記憶を忘れさせるのじゃ！　それが主たる者の使命じゃろう、この甲斐性なしめ！」

彼女は握り拳から人差し指を立て、突きつけてくる。

それがウィルには敵意をこめた威嚇の槍のように思えた。

「そんなに……恋人呼ばわりが嫌だったのか」

「当たり前じゃッ！　折檻戦士とメスブタが釣り合うとでも？」

「ああ、うん、そうだな。俺、折檻戦士だよな」

すでに覚悟は決めたはずだった。

新たな自分に生まれ変わり、ルシアをいじめる人生を歩むのだと。

『自分のなかで折り合いがつくのがそこなのでしょう』

百竜の剣を部屋の隅に放り投げる。いまはヒュドラの声を聞きたくない。

ひどく冷めた目でルシアを見下ろし、きめ細かな頬をつかむ。

「食事を取ったらメチャクチャにしてやる」

手を離すときは頬を投げ捨てるような乱暴さで。それがお気に召したのか、ルシアは安堵の息をついて笑顔を浮かべた。

「うむ、下賤《げせん》の食事ならブタのわらわにもちょうどよかろう！」

嬉々とした表情は幼子のようにあどけない。見ただけで心が満たされる。

問題ない――俺は、折檻戦士だ。


食事は部屋に持ってこさせた。

米と豚肉と野菜を炒めた東方の料理で、とろみのある卵スープもついてくる。デザートの果実盛り合わせも嬉しい。

「ふむ……普通じゃのう。ブタ扱い感が足りぬ」

ルシアは期待外れという浮かない顔で席につこうとした。

そこにウィルが乾いた声を投げかける――それが当然だと思っている声音で。

「家畜なら地べたに這いつくばれ」

「…………………！」

稲妻に打たれたかのようにルシアは目を見開いた。

ウィルは彼女の分の皿を床に置き、半眼で顎をしゃくる。

「ブタのくせにいつまで二本脚で立ってるんだ？」

「……ふ、ふん、そちに言われるまでもない。野暮な男じゃのう」

そそくさと膝を突きながら、彼女の瞳には星屑のような輝きがある。

「当然、スプーンもフォークもなしじゃな」

「ブタは道具を使える手を持ってないからな、豚足女」

「なるほど！　いただきますのじゃ！」

元魔王は四つん這いでスープに口をつけた。

「ッッッつい！　あつっ、熱すぎッ！」

唇を焼かれて悶絶。ゴロゴロと転げまわっている。

「とろみがあるから熱が逃げにくいんだろうな。気をつけて食べろ」

「くふっ、くふふふふぅ、愚かじゃのう。底辺ブタにそんな知能があるとでも？　そちは学習もせず無謀な挑戦を繰り返すブタをあざ笑っておればよい！　ぢゅっ、あぢっ、あぢぢっ、ぢゅぢゅっ、あぢゅぢゅぢゅぢゅっ、じゃがこれは新鮮じゃ、惨めさが味わいを変える――料理は心で変わる！」

喜んでくれている。よかった――ウィルは内心で息を吐く。

傍目に見れば哀れみすら誘う姿だった。とびきりの美少女がなぜこんな無様に振る舞わなければならないのか、見ているほうが悲しくなる。

それでいて床で押し潰された乳房や、突き出された小尻が艶っぽい。

(よし、ムラムラしてきた……これなら行ける)

ウィルは急いでデザートまで平らげる。

床のほうではちょうどデザート以外がルシアの腹に収まったところだった。

「待て、待てルシア」

手の平で制止すればピタリと止まる。さながら忠犬か。

「デザートがそれだけじゃ味気ないだろう」

「わからん男じゃのう。この家畜感あふれる食べ方が最高の調味料じゃが?」

「もっと美味しくしてやるよ」

ウィルはズボンの紐をほどき、ボロンと逸物をこぼす。

「…………!」

またルシアの目が見開かれた。床に擦りつけられていた上体が起きあがり、ヒクヒク動く鼻が男根に引き寄せられていく。

「おまえの大好物をソースにしてやろうと思ったんだがな」

「出すなら最初に出さぬか、気の利かぬ男じゃ……ブタ心がわからんのかえ?」

「わかるわけないだろ、こんなモノ大喜びで嗅ぐヤツの気持ちなんか」

ウィルは彼女の黒髪をつかみ、鼻先へと亀頭を押しつけた。

「んぅうッ……！」

せっかちな先走りが鼻孔付近に塗りこまれ、さしものMブタも顔をしかめ、

――はぁ。

すぐに表情を緩めたかと思えば、その臭みを存分に嗅ぎだす。

「んっ、ふぅ、牡のにおいじゃ……わらわをブタに貶めたにっくき男の下劣な匂いじゃ……あぁん、屈辱の記憶が掻きたてられるぅ」

ルシアはいつしか自分から鼻を押しつけていた。ブタのように鼻が潰れてもおかまいなしに。あるいは醜態を晒したくてそうしているのか。

「の、のう、ウィル……ソースを出す手伝いをしてもいいかの」

彼女が大きく口を開けると、舌とヨダレがたっぷりこぼれ落ちた。へ、へ、と犬のように呼吸を荒くして、まるで餓えた犬のように振る舞う。

ウィルは上目遣いの視線をしばらく浴びてから、ゆっくり首肯した。

「いいぞ、やってみろ」

「いただきますのじゃッ……んぢゅううぅうッ！」

ルシアは男根にしゃぶりついた。一息に一本丸呑み。桜色の唇で根元をぎっちり締めつけ、喉の嚥下運動で亀頭を揉みこみ、舌で竿を優しくなぞりながら、

ぢゅ、ぢゅ、ぢゅ、
と、段階的に頭を引いていく。早速の快感にウィルの腰が引きずられる。

エラの広がりが喉から口蓋に来ると、すさまじい吸引で口内が真空状態に。

「ぢゅぅぅううぅうぅッ」

頭の後退が止まる。敏感な亀頭に密着状態の粘着感がお見舞いされた。

「ぢゅっぢゅ、ぢゅっ、ぢゅんぅぅうううぅぅうううぅぅッ」

「くッ……！　いきなりずいぶんと攻めるんだな……！」

「ぢゅぢゅぢゅぅぅううぅぅううぅぅううぅぅううぅぅううぅぅううぅぅううぅぅううぅぅううぅぅううぅぅううぅぅううぅぅううぅぅう……」

「長いな！」

さすが最強の魔族だけあって肺活量がすさまじい。延々と搾り取られる愉悦ばかりか、粘膜同士が密着しているので微動するだに強烈な摩擦感が生じる。

「ぢゅっぅうううぅぅううッ……んぱっ」

ルシアは赤銅色の棒塊を吐き出すや、顔を傾けて舌を躍らせた。

唾液をたっぷり乗せた舌で大雑把になめまわす。

舌先を尖らせて垢を削ぎ落とすように強く擦る。

棒のなかほどを甘噛み。

唇を尖らせてピンポイントに吸いつき。

多彩なテクニックでウィルの性感は掻きたてられていく。

「く、口でするの、こんなに上手かったか？」

しかも手は床についたまま一切使っていない。

「この宿に来るまでに見本がいくつもな、れぢゅっ、そこらの店の窓からな、ちゅっちゅ、くちゅっ」

「いくら歓楽街だからって、乱れすぎだ……！」

「くふふッ、ソースは出そうかえ？　わらわ好みのくっさい汁、たっぷり出したいのじゃろう？　なにせわらわがこんなに奉仕しておるのじゃ。溺れ死ぬほど噴出するはず……んぢゅっ、ちゅっぱ、ちゅくッ……」

舌先が裏筋をくすぐった。かと思えば鈴口を突き、ほじくり返してくる。

「ぁあッ、これはッ……！」

排泄孔への刺激は擬似的に射精の快感を再現するものだった。錯覚した尿道が痙攣し始め、精巣にまでざわめきが届く。

ぐっと睾丸が持ちあがった。絶頂の準備運動だ。

「ほう、来たようじゃの……」

ルシアはタイミングよく亀頭を口に含み、とびきり強烈に吸った。吸いながら、唇の圧力でぢゅぷッと押し出す。

それが最後の刺激となり、ウィルの腰に末期の震えが起きた。

「こ、このブタめッ……がっつきすぎ！」

「きゃんっ」

ウィルは彼女の頭をつかんでデザート皿の前に押さえつけた。

彼女は顔の片面を床につけ、なお大口で舌を伸ばす。浅ましい仕草のはずなのに口の粘膜は清らかなピンク色。罪悪感をそそる神聖な色彩だった。

「ぐ！」

ウィルが息を詰まらせた直後、股間で充実感と恍惚感が爆発する。

濃厚な濁液がこれでもかという勢いで飛び散った。

粘度抜群の白いソースはフルーツと彼女の顔を幾筋もの糸で繋いでいく。

「ぁあんッ、いっぱいじゃ……！」

ルシアが平然としゃべるものだから、口内にもソースは飛びこんだ。それを吐き出しも咀嚼《そしゃく》もせず、溜めこんでいるあたりが実に彼女らしい。

(俺のほかにだれも知らない素顔だ)

どんなデザートよりも甘い幻想だった。射精の快感も相まって脳と骨がとろけていく。心も体も体液になって逸物から解き放っている感があった。

やがて精を出しきると、果実とルシアの境目はほとんどなくなっていた。

「いつも思うけど、俺の体のどこにこれだけの体液が……」

「そんなこと知らんから、さっさと許可を出すのじゃ！　浅ましく無様に貪り食って体のなかを精液漬けにしろと命じるがよい！　さぁ来い！」

イッたばかりのウィルに対し、ルシアはまさにこれからが絶頂期だった。

「いいよ、食え食え。ブタの食事風景なんてどうでもいいけど」

「そ、その素っ気ない言い方、よいぞ！　ならばひとり寂しく、くっさいご馳走にありつこうぞ！　いただきますのじゃ！」

ブタのデザートタイムが始まった。

白濁まみれの皮剝きブドウを口に入れ、噛みつぶして果汁とソースを絡める。

「んんぅうッ、美味ぃ、至高ぅ、おいひぃぃ」

「そんなにか……」

どんな味かは余人の想像を越えているが、当人が満足しているのは間違いない。

ルシアはほかの果実も次々に味わっていく。

手は使わない。舌で引き寄せ、唇で挟みこむ。ときにはぢゅるぢゅると音を立ててソースをすする。口淫とそっくりの下品で猥雑な食べ方で、彼女は自分の尊厳を傷つけている。支配者から家畜への転落を食事風景で演じている。

「んはぁあ、食べてるだけでイキそうじゃ……んむっ」

口を閉じて咀嚼をしながら、まぶたを半開きにして上目遣い。なにか問いたげな目つき。前髪からとろりと伸びた精液が片目を塞いでも、視線は途切れない。

ウィルは大きくうなずいて返した。

「見下げはてた浅ましさだな、ドン引きする」

「んぅうぅぅ……！　ふぅぅん、んー、んんーッ」

ルシアはブンブンと首を縦に振った。

ごくん、と嚥下してまた皿に食らいつく。

果実はすぐになくなったが、皿に残った果汁と精液をなめてキレイにする。

「ふぅぅ……ごちそうさま、全部食べたのじゃ」

わざわざ上向き加減に大口を開け、白濁一滴も残っていないことを示す。

「よし、よく食ったな。ナイス・ブタ」

「そうじゃろうそうじゃろう、ブタじゃろう。われながら見事な家畜ぶりじゃ。なのにこの街の人間どもと来たら……恋人、などと……信じられぬ……」

ルシアは口を膨らませてそっぽを向いた。

ウィルも目を逸らしたい気分だが、表面上は取り澄ましておく。

「栄養補給も終わったし、本格的に折檻するぞ」

「ほう、やる気満々じゃな！　そうじゃそうじゃ、本格折檻大歓迎！　恋人幻想などブチ壊す手ひどい折檻がわれらの未来を切り開く！」

ちょっと泣きたい気もしたが、竜の郷で培った精神力で無理やり取り澄ます。

「次はコイツを使おうか」

壁にかけられていた道具を手に取り、ルシアに見せつけた。

粘液まみれの顔が期待に赤く染まる。その無邪気な子どもじみた表情を見ると、ウィルの胸はどうしようもなく締めつけられた。

†

拘束具は本来なら大歓迎である。

敗北感がかきたてられるし、装着感にも魔城で慣れた。

今回の体勢を簡単に言えば——大きめの椅子に座して大開脚、という有様だ。

「これはこれは、またなかなかどうして、不格好じゃのう」

両腿はほぼ水平に開かれていた。左右の膝裏に鉄の棒を通され、革の拘束具で膝と手首を一緒に固定。棒は肘掛けの穴に通して、備え付けの金具で固定。

足首は椅子の脚に金属の拘束具でがっちり固定。

とどめに背もたれから生えている首輪で、細い首を固定。

「あとはヒュドラ、竜の力で拘束を強化してくれ」

『……まあボクはウィル坊やの剣ですからね。従いますけどね？』

百竜の剣は不満げな思念を垂れ流しつつ、しっかり拘束を強化してくれた。それが済むと部屋の隅に置かれる。

「うむ、これならわらわの力でも簡単には壊せぬ。できるのは無駄な抵抗ばかりじゃな。さすがは人間、非道残酷悪趣味の極み」

「股間丸出しでなに言ってるんだ」

開かれた股に下着はなく、秘裂が露出されている。精液食の時点で愛液は洪水となっているので、椅子もすっかり濡れていた。ウキウキ気分だ。

「ではこれからブタの串刺し料理でも作る時間かのう？」

「そうだな、串刺しだ……コイツを使ってな」

ウィルは反り返った黒い張り型を突きつけてきた。彼の逸物よりは小さいが、ルシアの華奢な腰つきと見比べれば凶器同然の迫力がある。

「ど、道具で嬲《なぶ》るのかえ、ふぅふぅ許しがたい外道めハァハァ」

「ブタの穴は汚いからコイツでゴシゴシこすってキレイにするんだ」

「ふへぇふへぇ、ブタの扱いが多少はわかってきたようじゃのう」

ぺろぉ♥
はーっ♥
はーっ♥
ぴゅるるっ♥

興奮のあまり息が苦しい。血の通わない器物でもてあそばれるのは初めての経験だ。どんな屈辱が待っているのか想像もつかない。

「逃げ場はないからな、たっぷり嫌がって涙を流せ」

「あぁーん嫌じゃ嫌じゃ道具などあんまりじゃー、ブタでも悔しーのじゃー」

「心底楽しそうな声あげやがって……」

ウィルは呆れながらも、張り型を湿潤な溝に押し当てた。力をこめれば膣口に引っかかる。さらに力がこもって、ぐちりと粘っこく肉門が開く。

「ぁああっ、入ってくるのじゃ……！」

乾いた異物感がねじこまれてくる。木になんらかの塗料を塗って艶を出しているのだろうか。生の男根と違って冷たいし脈動もない。

（なんかこう、期待と違うような……無愛想な感触というか）

首をかしげかけたとき、ウィルの手が太腿に乗せられた。

優しい体温を感じた瞬間、キュンッと膣口が窄まる。

バギンッと物騒な音が鳴った。

「……うっわ、壊しやがった」

「え、マジかえ？」

千切れていた。張り型が。入り口の締めつけで。膣内に残っていた分は、愛液にまみれてどろりとこぼれ落ちる。

「根性のない偽魔羅じゃのう、素でガッカリしたのじゃ」

「あとで弁償しないとな……とりあえずべつのを使おう」

ウィルはすこし小さめの張り型を持ってきて、ゆっくりと挿入していく。

バギンッ。

またも千切れた。

「サイズの問題じゃないな。魔王の膣の攻撃力に、木じゃ耐えられないんだ」

「ならばアレじゃ、あそこに鉄っぽいのがある」

「よしきた。こいつならきっと貫けるはずだ――いっけぇえええぇ！」

「こいッ、勇者ウィルベール・ヒンリクタス！」

ゴギュッ。

「……千切れはしなかったが」

「完全に潰れてしまったのう、わが膣圧で」

ひしゃげた鉄の張り型をテーブルに置き、ウィルは部屋の一角に目をやる。

ガラス箱に展示されている、光り輝く張り型を。

「この輝き……金剛晶《アダマント》だな」

「そやつならドラゴンの炎にも耐える……いけるはずじゃ！　来い！」

「だれに使うつもりだったのかは知らないが、いまこそ有効活用しよう――――！」

ウィルは意地になっているようだった。ガラス箱に掛けられた魔法の封印を「フンヌ」と気合いで打ち消し、金剛晶の張り型を取り出す。

「食らえ、ブタ女ルシアッ！　人類の矜持と執念の一撃を！」

売り払えば一軍を一カ月は養えるであろう超高級張り型を、渾身の力で秘裂へと挿入していく。魔王の襞肉を押し分ける強靱さは、まさに張り型の鑑《かがみ》。

「あっ、これならッ、あッ、この硬さなら、ぁあああぁッ」

待ちに待った挿入感に奥の奥から濃厚な蜜がにじみ出す。

じゅうぅうぅう、と肉を焼くような音が鳴った。

なかば埋まった張り型から輝きが失われ、黒く染まっていく。

「うわっ、妖化してる！　魔法生命体になりかけてるぞコイツ！」

「う、嬉しくてつい力を漏らしてしまったようじゃ！　闇の太陽の祝福と似たようなものじゃが、わらわは動けんからあとは任せた！」

漆黒となった張り型は翼を広げた。

激しく羽ばたいて股から抜けだし、窓へと突っこんでいく。

「ヒュドラ！」

ウィルが呼べば百竜の剣が彼の手元に飛んでくる。

刃が二閃して張り型の翼を切り落とし、切っ先が張り型本体を貫いた。

「そのまま浄化してくれないか。さすがに弁償できないし」

『……ボクはご主人さまの剣ですので不平不満はございません本当にまったくこれっぽっちも完全ゼロの献身的な剣ですからすこしは省みろ』

百竜の剣は壁に突き立てられ、張り型を縫い止める形となった。

ふぅー、とため息がウィルとルシアの口から同時に漏れる。

ふたりは見つめ合った。

「……どういう穴してんだおまえ！」

「まがりなりにも元魔王のブタ穴じゃから仕方なかろう！　だいたいそちの棒こそどんだけ強いんじゃ！」

「竜の郷の特訓と投薬でいつの間にか全身こんな感じになってたんだよ！　どっちにしろコレじゃ張り型プレイなんて絶対できないぞ！」

「百竜の加護で強化すればよかろう！　この拘束具のように！」

あ、とウィルは間の抜けた顔をした。恐る恐る、壁の百竜の剣を見る。

「えーと、その、ヒュドラさん？」

『ボクはこの張り型を浄化させるのに手いっぱいなので。お高いので手はぬけませんね、アホカップルの変態プレイに付き合ってられません』

「カカカカップルちゃうわ！　マジカップルちゃうわ！」

「飼い主と家畜をカップル呼ばわりとは道理を知らぬ亡霊じゃな！」

『そんなにも息ピッタリでは説得力もなにも』

ふたりは歯ぎしりをし、ふたたび顔を見合わせた。

「キツイのをキメるのじゃ！　そちのその身で真っ向勝負！　わらわとそちの関係をきっちり分かつ極鬼畜エロ地獄責めを！」

「わかった、もう道具には頼らない！　俺自身の可能性を見せてやる！」

ウィルは椅子の前に膝をつき、袖まくりをして腕の筋肉を脈打たせた。

「さあ、腕の見せ所だ……！」

「ん、む？　そこは自慢の竿を使うところでは？」

「俺は腕も手も鍛えてある。というか鍛えた覚えもない股間ですらアレだから、場合によっては腕と手のほうがいいかもしれん」

腕が血管を浮かべ、指の関節がゴキゴキと鳴く。まるで血を求める餓えた獣。

（これは……期待できるかもしれん）

指先が近づいてくると、そこに込められた力と気迫に肉唇が震えた。

最初は人差し指と小指が大陰唇を捉える。上等な砂糖菓子のように白く柔らかな膨らみを軽く開いて、内側の果肉を晒した。

「んふっ……」

普段隠れている部分が大気に触れて、すこし涼しい。

彼の中指が粘膜に触れると、微感と体温が粘膜をほぐす。

中指は小陰唇を優しくなぞって降っていく。その先に深い場所への狭き門があると知っての動きだ。

「指だとすこし感覚が違うけど……ここだな」

指の腹で膣口を軽くノック。くぷ、くぷ、と穴が小さく開閉する。

「そう、そこじゃ……そちがヘマばかりするから焦らされてかなわん。責任を取ってもらわねば、飼い主の沽券に関わるぞ？」

「生意気言うなオラッ」

不意打ちで陰核が親指に押し潰された。

「おふッ、来るッ……！」とルシアはのけ反り、頭を背もたれにぶつける。

前後不覚の一瞬で、ウィルの中指が侵入を開始した。

「あッ……ぁんんッ、ゴツゴツしてるのじゃ……！」

硬くて引っかかるのは関節のわずかな膨らみか。大きさは男根と比べるまでもないが、頑丈さは張り型よりはるかに上。しかも奥まで入ると、クイクイと曲がって膣壁に食いこんでくる。その動きは精密で小器用だ。

「ぁふぅうッ……これはこれで、なかなか悪くないの……んはッ」

「中ってこんなにヒダヒダなのか……指で触るとずいぶん違うもんだな」

ウィルは子どもじみた好奇心で膣を隅々までこすりまわした。

最奥をツンツンと突いたかと思えば、その手前に密集した粒状の突起群を潰す。薄襞の多重地帯は何度も往復して手触りを確かめる。

そういった確認作業のかたわら、親指で陰核をいじるのも忘れない。

「あぁ……んはっ、ぅんんん……そんな優しい手つきをせずとも……」

ルシアは酩酊《めいてい》気味に腰をよじる。本当は脚を突っ張ろうと思ったのだが、拘束されているので不可能だった。性器で交わるときの激しい快楽と違い、徐々に肉膜が熱くなる。とろ火であぶられるような愛撫にうっとりしてしまう。

「ふあぁ……そんなことでは折檻にならんじゃろう……」

これではまるで恋人同士の睦《むつ》み合いではないか。ブタと飼い主の関係だとあれほど言ったのにあんまりだ。胸がぎゅーっと締めつけられてしまうではないか。

「……よし、だいたいわかった」

「な、なにが……じゃっ、んんぅうッ」

ぐわりと膣口が広がる。中指だけでなく薬指まで追加でねじこまれていた。

太さは倍。節の数も倍。抽送すればぬっぢゅぬっぢゅと粘音が鳴る。ひねりを入れれば愛液がどろりとあふれ出す。痺れに似た甘い感覚が膣内に横溢した。

「ぃおおッ、おんんんッ、これこれこれじゃっ、これぐらい激しいほうが折檻という感じがあるのじゃッ！」

「とりあえず一番簡単に感じるのは入り口みたいだな。ビラビラがこすれるとキュッキュッと締めつけてくる」

ウィルは説明しながら入り口を集中的に責めた。

指をすこし曲げて節を尖らせながらの攻撃的な抽送。

「あうッ、痺れっ、痺れるッ……！」

股から太ももへと電流が伝わり、下肢がガクガクと震えた。交合時、素早いピストンで感じるときと同様の反応だ。

「次に奥の子宮口だけど、これはグッと押しこむと反応が深い感じになる」

伸ばした指の腹を思いきり押しこまれ、子宮口が圧迫された。

「はぁあぁぁ……腹が熱くなるのじゃ……！」

じゅわぁ、と淫靡な熱が子宮へと満ちていく。腰がぐぅっと浮くのは、ペニスで奥をいじめられているときと同じ。

「それとクリトリスは……有名だから言うまでもないな」

「んぅうッ、そのとおりじゃ……噂どおり気持ちいいのじゃ……」

陰核は擦られているとそれだけで肌が粟立つ。激しく犯されているとき、彼の腹で潰されたり陰毛でくすぐられるときと似ている。

「俺たち人間はこうして魔の弱点を見極めて戦ってきた。だけど、弱点っていうのは目立つ場所にばかりあるとはかぎらない――」

指が引かれた。入り口からほどない場所で停止。

腹側のざらざらした膜壁に二本指の腹が押しつけられた。

「ここは俺もさっき初めて気づいたけど……そらっ」

くいっと指が曲げられ、その部分に圧力がかかる。

たちまちバチバチッと予想外の痺れが発生した。

「んおっ、おっ、おっ？　おぉ？　なんじゃ、この感覚は……」

「まだまだこんなもんじゃないぞ……そらそらそらッ！」

二本指が小刻みに圧迫と解放をくり返し、加速していく。それは膜を振動させる動きだった。かつてない刺激に濃密な性感電流が渦巻いていく。

「ぬおっ、おふっ、おぉおおお？　おんッ、んおおッ、なんじゃこれは、なんじゃなんじゃなんじゃなんんんッ、おほぉおおおぉおおッ」

震えた声がほとばしる。声帯よりもずっと深く、膣から響く声だった。

「やっぱり初めての反応だな……そうだ、こういうものなんだ。おまえの弱点を見つけ出すのはいつだって俺だ……！」

ウィルは稼働部を指から手首へ、手首から肘へと移した。他方の手ではルシアの脚をつかんで支えとし、さらなる高速振動を実現する。

痛いほどに痺れて熱い――気持ちいいと認識するより先にそう感じた。

「ひっ、んいぃいいッ、これはなんかヤバい気がすッ、るのッ、じゃひぃいいッ」

痺れが神経を焼いて足腰がこわばる。

ルシアはようやく自分の状態を理解した。

「ちょ、ちょっと離れるのじゃ……！　これはたぶん……んんぅううッ」

「珍しいな、素で嫌がるなんて。ただ苦しいってわけでもなさそうだけど……面白い感じ方するもんだな、オラオラッ」

「んぉおおおぉおおおッ」

状況を伝えられない。鋭い痺れが強まって言葉すら奪われる。愛液の潤滑も増しているので、彼の指遣いはますます速度をあげていた。親指は陰核の上で固定され、同様の振動責めを加える。声どころか息つく暇もない。

「剣を高速で振動させて硬質の敵を引き裂く奥義《刃振《はぶ》れ》の応用だ。おまえは結局、俺の積みあげてきた経験に敗れるんだ！」

「そっ、そういう話じゃなひぃいいいぃいぃいいいッ！」

もはや抑えきれない。下腹に鈍痛じみた痺れの塊ができている。

排出しなければおかしくなる——などと思ったときには手遅れだった。

痺れが一気に爆発し、強制絶頂に頭が白くなる。

「ぃんんんんッ、やめやめだめらめぇえええええぇえええッ」

こうなると全身のコントロールが利かない。

体が望むままに、プシャッと透明なしぶきを排泄する。

「うえっ、なんだこれっ」

間近にいたウィルの顔面が液浸しになった。

「じゃ、じゃから言ったのにぃ……！　いぃいッ、止まらぬぅ……！」

小水と違って色はついていないが、出る場所は同じらしい。いかにも出そうな感触だと思ったのだ。そしてそれは出しても出しても衰える気配がない。

「て、手を止めよっ、でないとわらわも止められぬぅ……！」

「もしかして刺激すればするほど出るのか？」

ウィルはいつになく興味深そうに顔色を見てくる。

いや、いや、とルシアは首を振った。

「ほほう、イヤなのか……でも噴け！　俺の前でもっと潮を噴いてみろ！」

「ひぃいいいいいッ、そちは鬼じゃぁ……ッ！」

妖しい雰囲気の宿泊室は潮噴き部屋と化した。

拘束状態で高速振動は延々とつづいた。

さしものルシアも長時間の継続的オルガスムスに音をあげた。

「もっ、やめッ、許ッ、ひっ、ぃいいいいいいいッ」

泣いて許しを請おうにも声すらまともに出せない。

気持ちよすぎて、つらい。

「恥ずかしいやつだな。こんなにイキまくって、勢いよく漏らしまくって。もう俺の手もグッショグショじゃないか」

ウィルは股の間からルシアの隣に移っていた。膣壁と陰核の二点責めはそのまま、空いた手で前髪をつかんで顔をあげさせる。

「飼い主に粗相したんだから、ごめんなさいぐらい言えるよな?」

「そ、それはそちがッ、はぁああッ、そちが無理やりぃ……!」

「無理やりが好きな潮噴き変態がいまさらなに言ってんだ」

「んほぉおおおぉおッ、自業自得扱いぃいいッ」

言い訳できない状況にまた興奮する。われながらバカじゃのうと満面の笑みで自嘲したい。もちろんそんな余裕はないけれど。

「おっ、おんッ、全然止まらないッ、止まらなぃのひゃあぁああッ」

膣壁越しに膀胱を刺激され、何度も何度も液が噴き出る。尿と似たものが出ている感はあるが、噴けば噴くほど液は透明度を増していく。

その様はウィルが形容したとおり鯨の潮噴きに似ていた。

瞬発的な噴射ぶりは射精にも似ているか。

(ウィルも……こんな感覚で精液を出しているのじゃろうか)

ふとそんな疑問が頭をよぎった。

(ウィルと一緒の快感……)

頭で復唱すると胸が弾む。

血が熱くなって神経が昂ぶり、股ぐらの悦感が激しくなった。

「ぁあああッ、ウィル、ウィルぅ……！」

名を呼ぶとさらに気持ちいい。

イッて、噴いて、すこし潮が引いたかと思えば、またイキ噴く。単調なまでの潮噴き絶頂サイクルは色あせる気配がまったくない。

あまりに水分を出しすぎて喉が渇いてきた。

「みッ、水ッ……！　せめて、水を……ぉんんんんッ」

「ああ、はいはい水な」

ウィルは気のない返事だが、すぐにテーブルから水差しを取った。

「あぁ、みずぅ……」

ルシアは首も拘束されているので、舌だけ伸ばして潤いを求める。

その小さな粘膜にウィルの視線が注がれた。彼の喉が小さく鳴る。

「がんばってるから、ご褒美だ」

水差しは彼の口に運ばれた。

「わ、わらわでなく自分にご褒美とは……あぁんッ、予想外の嗜虐性！」

それだけ彼が折檻戦士としてがんばっているということだろう。ならば自分へのご褒美も納得せざるをえない。

と、思いきや、彼は嚥下せずに水を含んだまま顔を近づけてくる。

「ふえっ」

虚を突かれた。連続潮噴きで身も心もふやけて油断していた。

唇を奪われる瞬間、なんの抵抗もできなかった。

ふわりと触れ合った直後、舌が差しこまれて水が流しこまれる。

「んっ……？　んむっ、んふぅうううッ！」

ルシアは目を丸くして驚いたが、反射的に水を飲んでしまう。

とてつもなくおいしい。清涼感に体が軽くなる。彼の舌まで美味に思えた。ねろねろと絡みつく粘膜の塊——いや、絡めているのは自分か。

(み、水がうまいからじゃ……！　そうでなければ、こんな恋人同士のような、愛し合う者のような口付けなど、ブタと飼い主がするはずないのじゃ！)

だれも聞いていないのに頭のなかで言い訳する。

だが言い訳以上に水音が頭蓋に響くし、舌のぬくもりが心を冒す。

彼の舌は愛しげに小さな口を蹂躙していた。大人と子どものサイズ差で暴力的なまでに。ルシアの舌もすがりつくように粘着する。

唾液と吐息を交わして、ただただ貪り合う時間がつづいた。

「ぁちゅっ、んふぅうう、らめぇ、らめじゃぁ……」

ルシアの気分は徐々に変化しつつあった。さきほどまで潮噴きは気持ちよくもつらいという感覚だったが、いまは幸福感が先立っている。

(いじめられるだけより、こういう責めのほうがよいというのか……！)

新たな発見に全身が歓喜する——ということにしておいた。

口付けの甘さに心を奪われたなどとは、絶対に認めたくない。

飼い主であるはずの男と味覚神経を重ね、絶頂感が深まっているなどと——

認めたくないけれど、この日一番の大きな波が訪れた。

「ああぁッ、しゅごひのくりゅっ、くりゅくりゅっ、ちゅぢゅぢゅッ、ぢゅっぱ、るぢゅぢゅりゅっ、んぢゅううぅうぅうぅうぅう！」

　ペニスに奉仕するときのように激しく舌を吸う。彼の唾液をたっぷり味わいながら、最大級のオルガスムスに呑みこまれた。

「んぢゅうぅううぅんっ、んぅうううううううううううううッ」

　神経が融けるほどの快感に全身を突っ張らせる。

　拘束がなければ椅子からずり落ちるほどに。

　こわばった舌をウィルが優しくしゃぶった。手の動きもようやく止まり、潮噴き絶頂の愉悦をじっくり味わわせてくれる。

「あぁあぁあっ、あーッ、あぁああ……ッ」

　体から不純物が出ていくような悦びがあった。床にビシャビシャと潮が弾ける音を聞くと、心が軽くなるような想いがあった。

　それでも潮が止まれば快感も幸福感も落ち着いてくる。

「んっ……どうだ、気持ちよかったか？」

　ウィルが口を離せば、唇と唇を唾液の糸がつないでいた。

　それを見るのが無性に照れくさくて、ルシアは深くうつむいた。

「……ツバじゃ」

　低く抑えた声で要求する。

「ツバを……最後に、ツバを吐きかけて、仕舞いにするのじゃ」

そうしないと、完全に帰ってくることはできない。さきほどの自分はおかしな領域にいた。いまもまだ、その境目にいる。長居するわけにはいかない。

「お願いじゃ、情けじゃと思って……なんでも言うことを聞くから」

かつてないほど必死な声を絞り出す。本気の懇願だった。

「頼む……ウィル、さま」

「……わかった、顔あげろ」

潤んだ目で見あげれば、間髪入れずに唾液が降りかかった。

屈辱感が一気に上昇。気分がメスブタに戻る。

「くんんッ、これじゃこれ！　ふふ、ブタ心地は最高の滋養じゃな！」

浅ましいばかりの快楽に打ち震えて笑みを取り戻す。

「つまるところ、飴と鞭じゃな……そういう落差でわらわを調教するのじゃろう。そちにとって都合のよい性欲の捌け口――肉便器にな！」

ふへぇふへぇと息を乱してニヤリと笑う。

ウィルは複雑そうな顔をしていたが、鼻息ひとつで表情を引き締めた。折檻戦士にふさわしい厳かで冷酷そうな顔である。

「じゃあ次は――俺の言うとおりにしてもらうぞ」

「言質を取ったつもりかえ？　傲慢な男じゃ。そして愚かしい！」

くははと高笑い。絶好調に本調子だ。

「勘違いするでないぞ、痴れ者が！　わらわはそちの飼い豚ゆえ言質を取る必要すらない！　最初から逆らうつもりなど毛頭ない！」

「拘束外すからあっちで次の準備しろ」

「うむ！」

冷淡な返答を受けて頭に鳥肌が立つ。

これがいい。これでいい。元魔王のブタにふさわしい。

恋人気分などまやかしにすぎない。

†

ちょっとぐらい恋人気分を楽しんでもいいじゃねぇかクソ。

ウィルはそう愚痴りたい気持ちを必死で抑えた。

(これでいいんだ……俺は折檻戦士だから)

どうせ元から魔王とは敵対する身。そうなるように育てられてきた。どれだけルシアに心惹かれようと、血肉に染みこんだ執念はなくならない。

ならば折檻を通じて使命感と復讐心を満たすほかに道はない。

ヒュドラが言ったように、折り合いをつけられる最後の一線がそれだった。

「準備はできたか？」

ウィルは浴室のドアを開けた。

大理石の湯船の前に全裸と見紛うばかりの露出女がいた。

「くふふ、これまたひどい淫猥装束じゃ。つくづく見下げはてた変態趣味よのう、ウィルベール・ヒンリクタス」

一言で言えば、紐――胸と股に巻きつく、白い紐。

胸の先と秘処の部分は布状だが、面積が小さすぎてほとんど意味をなさない。とくに大きめの乳輪は完全にはみ出している。ひどく下品で即物的な淫装だ。

「お、わらわを見た瞬間にモノが膨れあがったのう」

ルシアは嬉しそうにウィルの股間を見つめた。紐の一本も巻いていないので、隆々たる男の証が丸出しとなっている。

「どうじゃ、いじめたくなるかえ？　犯したくなるかえ？　くふふっ、キモイキモーイ、ブタに欲情する変態飼い主がおるー、マジ最低っていうかー」

「いいからコレつけろ」

ウィルは返事も待たずに新たな拘束具を彼女につけた。

革の輪が三つ連なったもので、首の後ろで手首を拘束できる。自然と腕があがるので白い腋まで晒すことになる。これまで注目してこなかった露出部位だが、つるりとした凹凸は存外に扇情的だ。ウィルは喉が渇いていくのを感じた。

「くふふふふふぅ、またわらわの動きを封じるか。抵抗できぬものを一方的に折檻するとは、どこまでも性根が腐っておるのぅ」

「それだけじゃない。コイツも使うぞ」

次に取り出したるはガラス瓶。うっすら桃色の粘液が溜まっている。

栓を抜くとかすかに泡立った。

「これは……スライムかえ？」

「消化力が弱くて動きも鈍いらしい」

瓶が設置されていた棚に説明書きがあった。入浴時に使ってください、とも。

ウィルは瓶を傾け、ルシアの首筋にスライムを垂らした。

「んっ、くすぐった……！　くふっ、なるほどわかったのじゃ。つまりそちは、わらわに体をキレイにさせようというわけじゃな」

「そうだ、手を使わずにな」

「下女扱いか――ブタよりマシにしてどうする」

ルシアは愚痴りながらも喜色満面。一歩進んでたぷんっと豊乳が弾めば、スライムがぷるりと震える。粘液じみた生命体は白玉に下品な光沢を添えていた。

「さ、寝そべってもらおうかの。手が使えぬ以上、やり方も工夫せねばな」

「ああ、自分なりに考えて奉仕しろ。ブタでもそれぐらいできるだろ？」

「くふふふッ、飼い主が板についてきたのう！」

褒められても喜んでいいのかわからない。ウィルは無言でうつぶせになった。革の敷物が敷かれているので床石で冷えることもない。

「ほりゃっ」

背中にルシアがのし掛かってくる。

柔らかくて丸いものがふたつ、べちゃりと張りついた。彼女自身は軽いのに、その丸みだけはやけに重たい。

「む、む、なかなかバランスが取れん……んっほ、んっほ」

彼女が身じろぎするたびにスライムが塗り広げられていく。

その感触たるや、柔らかいやら重たいやら軽いやらネバネバするやら。

「おお……これは思ってた以上になんか、いいぞ」

女の子というのはどこで触れても気持ちいいものだ。皮下脂肪が薄い部分も肌そのものが柔らかく、張りがあればなめらかさもある。しかもスライムのおかげでなめらかさは数倍増し。柔重《やわおも》い双球がツルツルと滑るのも心地よい。

「んっ、んっ、そちは背中が無駄に広いのう。手間がかかるのじゃ」

「ルシアが小さいからそう感じるだけじゃないか？」

「わらわが矮小な家畜であることを差し引いても、なおたくましい……厚くしなやかな筋肉、まさにブタいじめ特化の邪悪な肉体よ！」

「俺が正面向いてたらたぶんビンタしてるぞ」

「ならば即正面を向かぬか愚か者！　さあゴロリと回転、一発ビンタ！　ブタの鼻血が華麗にしぶけば桜吹雪の散るがごとく！」

風呂場にキャイキャイと高い声が反響して鬱陶《うっとう》しい。

ごろりと仰向けになって、ルシアのほっぺを両手で挟みこんでやった。

「むぎゅっ……にゅー、なにをひゅるのじゃ」

「思いどおりにビンタがもらえるなんて思うなよ。俺の折檻は変幻自在だ」

頬をむにむにする。その柔らかさは乳房にも劣らない。量感こそ足りないが、表情がいちいち変化するのも面白い。

「そらそら、ブタの変顔だ」

「むぅぅぅ、なんとなくコレは好みの責めではないのう」

ルシアは口を尖らせながら身を揺する。

そこにウィルは想像を絶する光景を目撃した。

ばるんッ、ばるんッ、と驚異の弾力で白い塊が弾力的に舞う。彼女の薄い胴体とウィルの厚い胸板のあいだを滅多矢鱈にこすりながら。

「こ、これは……！　これほどのものか……！」

迫力たっぷりの大質量がふたつ、滑りまくっていた。スライムの滑りを借りて右へ左へ、手前へ奥へ。もし不用意に第三者が触れれば、重みと弾力ではるかかなたへ吹っ飛ばされるのではないか。

「んっ、んっ、なんじゃなんじゃ、なにをたまげておる。いつも好きほうだいに握りつぶしてイジメてきた胸のなにが珍しい？」

「いや、スライムでテカってるせいかもだけど、いつもより迫力が……」

なまじほかの部位が小さく華奢だからこそ、胸の大きさが際立つ。

「臆してどうするのじゃ、そちは人類最強の男じゃろ？　むしろ虐げ甲斐のある獲物だと舌なめずりして往復ビンタぐらいしてみせよ！」

ルシアはさらに揺さぶりを激しくした。乳肉はそれに応えて加速する。

すさまじい乳だった。

攻撃的なまでの乳揺れだった。

もし武器として使われていたら、あの勝負の結果は変わっていたかもしれない。

「んっ、くんッ、くふふっ、イジメたいじゃろう、責めたいじゃろうっ……！　そちのなかで折檻欲が爆発寸前じゃろう……！」

「くそっ、調子に乗りやがって……！」

実際、折檻欲というか逸物はすっかり膨らんでいる。彼女もわざと腿や下腹を擦りつけてきている節があった。

「だいたい爆発寸前はその戦術的オッパイも一緒だろ……！」

「ぬ……！　見抜いたか、ウィルベール・ヒンリクタス！」

「そりゃ、そんだけ乳首が尖ってりゃな」

乳房の先の薄布が浮きあがり、ピンク色の尖りが覗いていた。それがウィルの胸板でこすれるたびに、彼女の口から喘ぎがこぼれる。

「んふっ、まあよいっ、わらわはしょせんメスブタじゃ。折檻ほしくて当たり前の見下げはてた淫乱ブタであることはとっくに自覚しておる！」

「くっ、開き直るとは卑怯な……！」

「愚か愚か！　浅はかじゃぞ、ご主人さま！　開き直ってもブタはブタじゃが、飼い主はあくまで威厳を保たなければならぬ！」

ルシアはここぞと体重をかけて、おのが乳首を潰し始めた。

「くぅうんッ、さあ乳首を虐めてみよ！　んっ、乳首ッいつもしておるように！　鬼畜ねじり責めッ、あんッ、わらわがアホ面になるほどの乳首折檻んんッ」

単に彼女は挑発して仕置きを誘っているにすぎない。両手を首の後ろに固定されては、自分でいじることもできないのだから。

(結局のとこ、有利なのは俺のほうだな)

ウィルはタイミングを見計らい、腰を景気よく突きあげた。

ぐぢゅり、と彼女の股布に命中する。

「おひぃいいいッ」

秘裂の狂おしい蠢きが布越しに感じられた。先ほどまで時間をかけて責めつづけた部位だ。準備はとっくにできあがっている。

「虐めてほしけりゃもっと奉仕しろ。浅ましくて欲深い穴を使ってさ」

「ほ、ほう、よいのか？　奉仕でなくわらわへの褒美になるが？」

たしかにそうだが、相手のペースに巻きこまれてはならない。彼女が求めているのはおそらく暴君だ。ならばこちらのペースに巻きこむべし。

「俺を気持ちよくしろ、と言っているんだ」

ブタが悦ぼうがどうしようが知ったことじゃない――そんな意志をこめて冷たい視線を飛ばせば、ルシアの全身が打ち震えた。

よくぞ我が意を汲んでくれた、というように。

「し、仕方ないのう……はぁ、はぁ、横暴な飼い主に命じられれば、嫌々であろうと従わねばならぬ。んっ、この家畜の悲しみ、そちにわかるかえ？」

不満げに言いながら目が完全に笑っているし、舌なめずりもしている。彼女の乳房とウィルの胸板がねとりと離れた。スライムが粘糸を引く様はどことなく名残惜しげに見えたかもしれない。

「トロいぞ、はやくしろ無能ブタ」

「命令がどんどん横暴になっていくのじゃ……あぁ、くふぅ」

ルシアはウィルの腰をまたいだ。

膝を曲げて降りていく先にあるのは、曲刀のごとくそそり立つ赤銅色。

「はぁー、はぁー、奉仕、肉穴奉仕ぃ……このままわらわのなかに、指より太い反り返った硬いの、あっ、すっごい大きくなってるのじゃ……ふぅ、ふぅ、すっごい、すっごい、食事のときから射精しておらぬからもうパンパンに……こんなもの、入れただけでレイプじゃ……わらわから入れても強姦じゃ……犯されるぅ、奥までウィルのものにされてしまうぅ……一生の奴隷契約を襞という襞に刻みこまれて、折檻と虐待と奉仕のためだけの便利穴に……！」

ものすごい勢いで興奮しすぎ。

やがて亀頭と股布が触れ合うと、彼女は器用に腰を動かして布をずらす。

貪欲に開閉する狭い穴がヨダレを垂れ流していた。

「元魔王ラズルシアの尊厳、ここにッ――」

彼女はみずから膝の力を抜き、肉杭を一気に受け入れた。

「尽きたのじゃァッぁあぁああッ」

一直線に根元まで結合。

波打つ膣肉が男根の性感帯を咀嚼する。

「くぅ、今日はまたずいぶんとよく仕上がってるな……！」

ウィルはとっさに射精しそうになり、肛門にぐっと力を入れて堪えた。

かたやルシアは耐えもせずに絶頂している。天井を仰いで舌をでろりと垂らし、スライムまみれの体を痙攣させて。プシャッとしぶくのは、潮。

「まだ噴けるのかよ！」

「じゃ、じゃって、じゃってぇ……あんなにイジリまわされたらぁ、潮を噴きやすい体にもなるのじゃぁ……！」

彼女はしばしのあいだ潮を振りまき、どうにか落ち着くと――

グリンッと腰をねじりだした。

「んんんぅううッ、効くッ、太いのグイグイ食いこむのじゃ……ッ」

膝もつかずに蹲踞《そんきよ》のまま円運動。両手も不自由なのにバランスは崩れない。子どもじみた小穴が極太に拡張されながら、酩酊の色に表情を染めている。

はぁっ♥
はっ♥
はぁっ♥
はぁっ♥
はっ…♥
はっ♥

ウィルにとっても上々の刺激だった。膣中の形状を様々な角度で味わえるのが心地よい。自分で動くのと違い、予想外の刺激がやってくるのも効く。

「くぅっ、動かれるのもなかなか、悪くない……！」

気息を整えて快感を和らげる。すぐに終わらせてはもったいない。

もっとルシアの腰遣いを楽しんでおきたい。

腰遣いに応じて複雑に躍る柔乳も目の保養になる。あまりに動きが激しいので、紐が食いこんだり、布がずれて乳首がはみ出す寸前となっていた。

（もうべつの生き物がくっついてるような状態だな……）

見事な躍動に興奮を通り越して感動すら覚える。

おかげで必死な呼びかけに気づくのが遅れてしまった。

すすり泣くような声で――実際、涙を流しながら、ルシアは――

「ご、ほうびぃ」

感悦で呂律がまわらないのか、幼子のように舌っ足らず。

「ごほーび、やくそくのごほーび、はやくわらわにぃ……！」

言いながら腰をよじる。ご褒美をもらいたい部分を強調する動き。

健気なおねだりにウィルの胸は締めつけられた。

せっかくだから、最高の形でこの気持ちを返してやりたい。

「ください、だろ」

酷薄な口調で言ってやる。

ぎゅぎゅっと膣口の締まりが強まり、彼女の顔に恍惚の笑みが浮かんだ。

「あぁん、どうかごほーびください……わらわの、主《あるじ》さまぁ」

耐えに耐えてきた家畜の懇願にウィルの背筋が粟立つ。

「いいだろう……しっかり味わえ！」

親指と、折りたたんだ人差し指の側面で、乳首を。

ぎゅううぅうううううッ――と、思いきり押し潰してやった。

「ぎッ……！　ぃいいいいいぃいいいいいいいいッ！」

束の間、腰遣いが止まった。

あくまで束の間。彼女の全身が硬直し、潮がまた飛び散っている間のみ。

それが収まると、ルシアは狂ったように腰を振りだした。

「いいいいッ、乳首ッ、いいぃいッ、潰れるのぎもぢいいぃいいいッ」

並みの女なら本当に潰れるほどに力がこもっていた。しかし堕ちたと言えど神群の幼体。ひしゃげながらも最低限の形を保ち、痛みと快楽の発信地となる。

弾む体とウィルの手のあいだ、乳肉は哀れなほど翻弄されていた。

マクワウリのように伸びたり、カボチャのように潰れたり。

揉まなくても柔らかさが伝わる光景だった。

「いいぞ、もっと腰を振れ！　もっともっとブタ踊りだ！」

「んぁあああッ、振るぅ、振るのじゃっ、振りまくりじゃッ」

乳房に誤魔化されがちだが、彼女の体は華奢にできている。小さくて、細くて、とても薄い。肉付きと骨格がまだ大人の女になっていない。

なのに——踊る姿は見世物の卑猥な舞踊のように露骨な性を感じさせた。どう動けば男が悦び、自分が気持ちいいのかを、本能で理解しているからだろう。

（清らかで高貴で可憐な女の子だって思ってたのに……！）

初めて恋をしたときの想いが、下劣な衝動に上塗りされていく。

目の前にいるのはスライム滴る肉欲淫婦だ。

なんたる侮辱か——理不尽な怒りが熱病のように全身を熱くする。

「根っからの淫乱めッ！」

子宮を思いきり打ちあげる。

「おひいいぃいいいいッ」

ルシアの清楚な背筋が引きつった。

「男に媚びる穴めッ！　ブタめッ、虚仮威《こけおど》しの凌辱大歓迎便器魔王めッ！」

子宮への連打で彼女の肢体はどんどんこわばっていく。

「おほぉッ、わらわが動いておるのにぃッ……！」

「俺が動かないなんて一言も言ってないだろ！　それでも奉仕するのがおまえの使命だから、悔しかったら穴で反抗してみろ！」

「おのれぇ、主さまめぇ、調子に乗りおってぇ……！　最高じゃっ！」

ルシアはビクビクと震え気味の関節を駆使して腰を振った。

互い違いの動きで予想外の部位が刺激される。いつもとまったく違う部分が気持ちよくなって、神経が火照って高まっていく。

ふたりが限界まで熱くなるのに、さして時間はかからなかった。

「なかまで折檻してやる……折檻ご褒美だ！　思いきり出すぞ！」

「あひぃいいッ、折檻かつご褒美ぃ！　最高の贅沢じゃぁ……！　あぁああッ、いま出されたらすごいのクるっ、わかるッ、狂うッ、狂っちゃうのじゃッ！　いんんんんんくるくる狂うくるくるぅうううううッ！」

ふたりの腰はたがいの性器を貪り散らすように暴れ狂った。貪欲で無造作な肉摩擦に海綿体が騒然と粟立つ。最後の律動が雄肉いっぱいに充ち満ちていく。

——思いっきり出ろ！

ウィルはそう念じながら自分を解放した。

「あくうぅッ……！」

とびきり濃厚な快楽汁がウィルの思考を引き連れて噴き出した。ペニスが爆ぜるほどの噴圧で、ルシアの奥まった性感口を殴りつける。

もちろん彼女も、その乱暴な刺激に耐えられない。

「ひいいぃいいいッ、ぐるぅうううぅうううぅうううッ！」

壺肉が絶頂の痙攣で隆々たる男根にすがりつく。精液を搾り取る牝の本能的な蠕動だった。ねばっこい種汁を飲み干すとんでもない淫乱穴だ。

「いっ、いつもより動きがすごい……！」

「じゃって、じゃってぇ……！　いっぱい潮噴きしてうずいてたからぁッ、ぁおぉおおッ……！　しかも出すぎっ、子宮に精子突き刺さるのじゃぁ……！」

ルシアは法悦感に歯噛みをしながら、淫らに笑みを浮かべていた。いったいどれほど中出しが好きなのだろう。骨盤もまだ狭いくせに生意気なこと甚だしい。

こいつめ、こいつめ、と怒りの濁液が何度も子宮を穿つ。

「ぉおおッ、お腹に溜まるっ、ご褒美汁いっぱいぃ」

もはや膣以外に意識がまわらないのか、薄い背が後ろに倒れていく。

ウィルは乳首を思いきりつねって彼女を支えた。倒れることなど許さない。

「あぎッ！　もげるぅぅ！　ひぐぅうぅうッ！」

彼女は前に倒れることもせず、もげる寸前の痛悦を甘受している。乳首に全体重がかかる痛みも、魔王の強靱な肉体にとっては快楽を彩るスパイスでしかない。

感悦の膣痙攣もますます盛んになる一方。

おかげでウィルも長々と中出しを満喫できた。

「ぁああっ、たまらない穴だな……！　俺を気持ちよくさせるだけの、奴隷以下の精液排泄専用ちびちび肉袋だ……！　もっと吸えっ、もっと飲め……！」

「あへぇええぇッ……！　も、もう、わらわぁ……！」

ルシアの全身から力が抜けた。

ふわりと軽く少女の体がのし掛かってくる。スライムで両者の肌が粘着する感覚がウィルの胸をドキリとさせた。

「お、おい、ルシア……？」

返事はない。静かな呼吸だけが聞こえる。

膣も蠢きっぱなしではあるが、ほかの反応はなにもない。

「気絶……したのか」

締めつけがわずかにゆるくなり、ばびゅッと精液が逆流した。

「起きてないんだよな……？」

何度か確認してから、恐る恐る背中を抱きしめた。

やっぱり小さくて薄い。きつく抱きしめると壊れてしまいそうだ。破壊的なまでに大きな胸が正面にあるとは信じられない。

「こんなにちっちゃな体で……俺の欲望を受け入れてくれたのか」

びゅぐんっと最後の精液が噴き出す。うぅー、と彼女はか細くうめくが、やはり起きる気配はない。

静かな浴室で、ウィルの心から嗜虐心が失せた。残るは暖かな感情ばかり。

失神するほどよがってくれたことへの感謝。

あふれ出すほどに射精させてくれたことへの歓喜。

いまも彼女はこぢんまりした幼穴で逸物を優しく抱擁してくれている。

「……いろいろひどいこと言ってゴメンな」

彼女の黒髪を優しく撫でると心が満たされる気がした。

自然と髪にキスをしていた。柔らかな頬にも触れるだけの口付け。

「ルシア……俺はな、おまえのこと……」

甘い気分に乗せられて、言ってはならない言葉があふれ出してしまう。

もう止められない――と、思ったとき。

「見ーたーぞー」

抑揚のすくない声に慌てて振り向けば、ドアが半開きになっている。そこからヒュドラが半眼で浴室を覗いていた。

「こ、こここ、こ、この助平！」

ウィルはルシアを横にどけた。抜け落ちた逸物を隠すべく、とっさに手近にあったものを引き寄せる——彼女の頭を。

「んぅぅッ……」

「うわっ、べったり汚れた……！ すまんルシア！」

さらけだすわけにもいかないので、そのまま押しつけておく。

「寝てる魔王の唇を奪って、妙なことを口走ろうとしませんでしたか？」

「くく唇じゃない！ 髪とほっぺたにちょっとだけだ！」

「妙なことは確実に言おうとしていましたよね？」

たぶん彼女はなにを言おうとしたか完全に把握している。だから、いつもより声に抑揚がないのだろう。百竜の過去を思えば、それもやむないことか。

でも——それでも、ウィルは言い返した。

「悪いのかよ……！ 人間が魔王を好きになったら、悪いのかよ！」

目に涙を溜めながら、雄叫びをあげるように、心を解き放つ。

「俺みたいな、殺すことしか知らない戦士が、だれかを好きになるってことが、そんなに許されないことだっていうのか！ 魔王に恋をして、殺したくないって思うことが、そこまで許されないことなのかよ……！」

「ウィル坊や――」

ヒュドラは目を閉じてため息をつく。

「――べつにまあ、いいんじゃねーですか」

「え。ああ、えっと……えぇぇ？」

想定外のお言葉に思考がまとまらない。

深呼吸。

考え直す。

「いや待てよ！　おまえは復讐のために竜の郷を人間に作らせたんだろ？　五十年かけてようやく魔王を倒せる人間を作り出したんだろ？　それを若造の恋愛なんかでご破算にされていいのか？」

「ボクにも事情と考えがいろいろあるのです」

ヒュドラは平然と、抑揚もすくなめに語る。

「直接的に怨みがあるのは先代魔王ですし、それがいない以上、魔族そのものが憎いと言えば憎いのですが、先代が作りあげた魔族の支配体制は崩壊したも同然ですから、そこそこ目的は果たしたと言えなくもなく――」

「でも、だからって……」

「ボクよりウィル坊やの気持ちが問題でしょう。いま、ボクの復讐心を肯定するようなことを言ったのはなぜですか？」

　ギクリと言葉に詰まる。自分でも意識していなかった弱点を突かれた。

「ボクはずっとウィル坊やを見てきました。師であり、姉であり、母であり、心の動きもちん×んの成長具合も完全把握済みです」

「ちくしょう……いらんとこばっか把握しやがって」

　悔しいけれど彼女の眼力は確かなものだ。

　ルシアとの恋に生きたい気持ちに嘘はない。けれど、これまでの半生を捨てる覚悟もできていない。だからついつい彼女の復讐心を擁護していた。瓶のなかの冷たさと、熱病の熱さと、地獄の日々が、ウィルを雁字搦《がんじがら》めにしているのだ。

「んっ、んぅぅう……」

　股間でルシアがうめく。

　すっとヒュドラが扉の隙間から姿を消した。

　ウィルが慌てて彼女を離すと、ルシアがパチリと目を開けた。

「おぅ、寝てたのじゃ！　もったいない、マジもったいない！　まだ濡れてるしうずき気味じゃから折檻のつづきを即！　というか寝てるわらわを道具のように使うのが正しい性欲解消と思うのじゃがいかに！」

「……俺はいま猛烈におまえをビンタしたい」

「ほ！　なんかよくわからんが折檻か！　寝起き折檻か！　横暴きわまりない最悪のゲス主め！　バーカバーカ！　ほれ悔しければぶってみるのじゃ！」

パチーン。

浴室に盛大なビンタ音が反響した。

†

うち捨てられた魔城の地下に邪悪な影があった。

「見極めた——ついにわが第三の目により見つけたぞ、伝説の秘宝」

「おお……これがあの、先代魔王の遺した最後の邪法体ッスか！」

「ググクッ、これさえあれば、あの人間にも負けぬ……！」

「そして今度こそ陛下を取り返すのだ……！」

闇の徒の哄笑が無人の魔城に轟いた。

# IV 魔王復活　ルシアはあなたの子を孕みます……

ダヴォリウトは祝福の声で満たされていた。

勇者ウィルと某国の姫君を讃える、という名目で日夜馬鹿騒ぎがつづく。

酒場では《勇者定食》や《姫サラダ》が新メニューとなった。露天商はふたりを形どった焼き菓子まで売りに出した。

人々は顔を合わせればふたりのことを噂する。

「いやはや精悍な若者と可憐な姫君だった」

「俺は見てないけど、見あげるほどの大男と豊満な美女と聞いたが」

「半人半竜の巨漢と半天使の娘と聞いたが」

「魔王の返り血で顔が常に真っ赤だとか」

「筋肉が剣の形に尖ってるとか」

「筋肉の震えで衝撃波が生じて周囲一帯が塵と化した」

「お姫さまが美人すぎて後光が差して娼館が炎上した」

「ふたりが愛し合った宿が局地的地震で崩壊した」

「愛の力で一夜にして新たな命が誕生して全世界が平和になったらしい」

最後のふたつは部分的に合ってる。壊れたのは宿でなくベッドで、誕生した生命は闇の祝福を受けた張り型だが。

（あいつの影響は街に出てないみたいだし、噂話ぐらいべつにいいか）

ウィルは路地裏でひとり待ちぼうけを食っていた。

フードを目深にかぶって素顔は見せない。街にやってきて五日、出かけるたびに騒がれるのにはもう懲りた。例の行商に粗末なマントと人目につきにくい移動経路を教えてもらったおかげで、行動範囲もずいぶん広がった。

「そろそろ頃合いかな」

娼館と連れこみ宿の屋根の合間から空を見あげ、その青さから時刻を判断する。

かすかな足音が聞こえた。

路地裏の果てから小さなフード姿がふらつきながら歩いてくる。

「寄り道はしなかったみたいだな」

「当然じゃ……そんな余裕があるはずなかろう」

フードの下、気品の感じられる顔立ちがほほ笑みを浮かべた。かすかに引きつった口の端と汗ばんだ肌が道のりの険しさを表している。

ウィルは彼女をいたわるようにポンと頭を叩いた。

「どうだった？」

「ドッ……キドキじゃ。わらわの心臓が破裂したらどうする。下手するとこの街が消し飛ぶところじゃぞ。もうすこし同族を慮《おもんぱか》ってやらぬか」

「そんなに興奮したのか、変態」

彼女の軽口には侮蔑の言葉を投げ返すのがいい。むしろそれを期待しての挑発なのだから、「くぅん」と子犬じみた声で喜ぶのも道理。

被虐趣味の変態のために考えた趣向だった。と言っても、街を指定したコースで歩かせたにすぎないのだが――

「だれにも気づかれなかっただろうな」

「当たり前じゃ……わらわは慎み深いメスブタじゃからの」

「風通しよくて快適だっただろ？」

ウィルは彼女のマントを手の平で払った。

街を歩いているあいだずっと閉ざされていたはずの、革のマント。

その下には布の一枚もない。あるのは白い裸身だけだ。

「まったく、そちはどういう頭をしておるのじゃ。いくらメスブタ相手とはいえ、こんな折檻は狂気の沙汰じゃぞ。裸で街を歩かせるなど……」

すぐにマントは元どおりに閉ざされる。

街ゆく人々は本当に気づかなかったのだろうか。噂の姫君が安っぽいマント一丁で街のど真ん中を歩いていることに。強い風が吹けば白い柔肌もか細い手足も野放図な乳房も露わになるということに。

(もし――だれかが気づいて、覗いてたりしたら)

見知らぬ男の卑猥な視線を想像すると、ウィルの心臓が止まりそうになる。

「……この折檻は一回で充分だな」

「なぜじゃ？　けっこうなドキドキワクワクじゃったが。一糸まとわぬわらわの姿をそこらの人間どもに指差して笑われるなど、想像するだに……」

「二度はない、絶対にもうやらない」

ほかの男に見せたくない。

自分以外に、ルシアの裸を見せるなんてありえない。

しかも今回は気が逸っていらぬ趣向まで凝らしてしまった。

「もう帰るぞ。漏れたらおまえも困るだろ」

「それなんじゃが……ぶっちゃけもう限界じゃ」

ルシアは脂汗を流してその場にしゃがみこんだ。

マントがたわんで、ふたたび彼女の肢体が明らかになる。その腹には不自然な膨らみがあった。少女的な腰つきには似つかわしくない、妊婦じみた膨らみが。

「ぐぅうぅッ、出るのじゃ……！　スライム出るぅッ……！」

「くッ、やっぱりスライムを子宮に注いで擬似妊娠はやりすぎたか！」

下手な思いつきは実行しないほうがいいとウィルは痛感した。

とっさにあたりの気配を探るが、路地裏には人影も視線もない。

「出すならさっさと出せ！　オラッブタッ、みっともないドロドロ出せオラッ」

励ましの罵声と軽いビンタで排泄を応援。

「んぅううううッ、出るうぅううぅぅ！」

ブパッと下品な音が弾け、薄桃色の粘塊が舗石を打った。蓋代わりにするべく膣口付近のスライムは薬品で硬めにしておいたのだ。

そこから先は、液状の粘り気が次々に逆流していく。

「ぃひぃいいッ、はずかしいのじゃぁ……！　人間の街でスライムを産むなど、恥辱の極みすぎて、アッ、深いのクるぅ……！　んおぉおおおッ」

路地裏とはいえ街中の排泄行為に、元魔王は見事にアクメを決めた。可憐な姫君と讃えられた美貌をだらしなく緩めながら。

「想像以上に変態極まってるなぁ……」

　呆れ返るウィルであったが、

「そちが言うことかえ?」

　ルシアに腰をつかまれ、ズボンの中央にキスをされて「おふ」とうめく。

「すっかり硬くなっておるではないか……恥をさらすわらわを見て、じゃろう?」

　彼女は逸物を軽く撫でると、立ちあがって壁に手をついた。マントをまくりあげて突き出す尻は、スライムにねっとりまみれている。

「もっと直接的に折檻したいのじゃろう?」

　出産に耐えうるかも不安な小尻だが、左右へ振れる仕草は淫婦そのもの。

　さあどんと来いと言わんばかりの誘いっぷりだ。

　ウィルは周囲に気配がないことを確かめ、どんと行った。


　幸いに、というべきか。

　ふたりは中出し後に近づいてくる足音を聞いて、宿に退散した。

　部屋に戻るとふたりして冷や汗をぬぐった。

「おまえでもこういうのは焦るんだな」

「当たり前じゃ、勘違いするでない。わらわはそちのメスブタじゃぞ。ほかの者の家畜ではないし、肌を見せるつもりもないし、折檻などもってのほかじゃ」

それは予想外に嬉しい言葉だった。

ルシアは自分が思っていたよりずっと慎みを知っている。折檻もあくまで両者の関係性に基づいたうえで楽しんでいる。ならばそれは、一種の信頼関係と言えるのではないか。

「なあ……なにかご褒美をやろうか」

「ほう、ならキッツイ折檻を」

「いやもっと普通なの」

「なんじゃ、つまらんのう」

ルシアは腕組みで悩みだし、部屋をぐるぐると歩きだした。

ふと窓の外を見て、遠い目をする。

胸が締めつけられるような、透き通った眼差しだった。

「わらわの知らぬ風景を、もっと見たい」

「旅、か？」

「そうじゃな。景色という意味でも、経験という意味でも」

くすりと笑うルシアの横顔には、恥知らずなメスブタ感は一切ない。

まるで争いを憂う心優しき姫君だ。

「わらわこう見えて、そちより長い時を生きておる。じゃが記憶にあるのは闇の太陽に染まった闇の世界だけじゃ。それは深い眠りのように心地よくはあるが――いささか静かすぎる」

「ルシア……」

「もっともっと、日の光の下で羽ばたく鳥や、日の下で跳ねる魚、日光をよく吸った土を耕す者たち、日中野外露出交尾、いろんなものを見て聞いてヤリたい」

「おいルシア」

「そうじゃ、たしか西の大陸に雲を貫く尖塔があると聞く。そのてっぺんで閃く稲妻を見下ろしながら、ハメ絞めケツ叩き連続二十四時間を」

「ちょっと聞けよルシア」

「東の大陸は拷問器具の開発が盛んと聞く。その器具を逐一体験して――」

「だから聞けってルシア！」

ウィルは彼女の黒紫髪を引っ張って意識を現実に戻した。

言いたいことは色々あるが、とりあえず彼女の背後を指差す。

「なんだこいつ」

そこに薄桃色のスライムが佇んでいた。

「さきほどのスライムではないのかえ？」

「妙に形がくっきりしてないか」

スライムとは蟻よりもはるかに小さな微生物の集合体である。知性はなく、食欲に基づいて活動する。だから特定の形を持つことは本来ありえない。

なのにそれは、リンゴを縦にふたつ重ねたように盛りあがっている。

下のリンゴの左右から小さな突起が生え、チョコチョコと動く。

上のリンゴの真ん中ほどに丸い穴が開くと、消え入りそうな音が鳴った。

「まーま」

部屋の時が凍りついた。

なにかの聞き間違いかと耳を澄ますが、

「まーま」

そう言いながら、スライムはゆっくりルシアに擦り寄っていく。

「……また闇の祝福で妖化したのか」

「だとしても、ママ呼ばわりとは……擬似出産のせいかのう」

さしものルシアも困ったように眉をひそめている。

ウィルは困惑しながら、部屋の隅に立てかけておいた百竜の剣に目をやる。魔物ならば始末するのが竜の郷で育った戦士の宿命だ。

ずり、とスライムがウィルのほうを向いた。

「ぱ、ぱ」

ウィルのなかの時が凍りついた。

「もしや……そちの精液が混ざった状態で擬似出産したのが原因かのう」

「そんな適当な感じで親と認識されるの……？」

「わかるわけなかろう！　わらわにとっても初めての体験じゃ！」

とうとうルシアも悲鳴をあげた。

「ま、ま……ぱーぱ」

スライムはチョコチョコと突起を動かす。位置的に手だろうか。よく見てみると可愛らしいような気がしないでもない。

すくなくとも百竜の剣で斬りかかる気は失せた。

「俺とルシアが……パパと、ママか」

想像してみた。

湖畔に小さな家を建て、ルシアとスライムに囲まれる日々を。

ウィルは生計を立てるべく狩りに出かける。妻の作った弁当を手に、百竜の剣で怪鳥なり怪獣なりを始末し、街で金に換える。食材とアクセサリーとオモチャを買って家に帰れば、妻と子ども（スライム）が笑顔で出迎えてくれて――

「……この子の名前はどうしよう」

真顔で言った。

「まさかウィルよ、飼う気かえ」

「飼うとか言うな！　俺たちの愛の結晶だぞ！」

「ああああ愛とか言うでない！　メスブタと折檻戦士じゃぞ！」

「バカ、子どものいるところで変なこと言うな！」

「ぬ、ぬぅ、たしかにわらわがメスブタ全開では子どもの教育に悪いかも……じゃがそもそも、わらわはべつに、そちを、アレじゃ、飼い主としか思っておらぬからして……子を育むなどという複雑怪奇な状況は……」

ルシアはしどろもどろになっていく。

「ま、ま……ぱ、ぱ」

「ふおっ、なんかめっちゃ震えておる！」

スライムはぶるると全体を振動させていた。

「もしかして泣くのか？　スライムが泣いた場合、どうやってあやせばいい？」

「しょ、食料を！　このスライムはなにを食うんじゃったか！」

「人間の垢とかだけど……さすがにパパと呼んでくる子にそれはちょっと」

「えーと、このスライムは宿の備えつけじゃろう！　訊いてくるのじゃ！」

「な、なるほど、わかった！」

ウィルは一目散に部屋を出て宿の受付へ走った。

派手な毛皮とドレスで着飾った中年女将《おかみ》は、煙管をふかして流し目をくれる。

「あら勇者さま、血相を変えて。お姫さまになにかあったのかい？」

「部屋に備えつけてあったスライムだが、人間の垢以外になにを食べる？」

「瓶に入れておけば仮死状態になるから栄養補給は不要よ」

「いや、なんというか、知的好奇心の問題でだな」

でっちあげにしても適当すぎたかもしれない。

「なら適当な食べ滓でも振りかけてごらんなさい。麦粒ぐらいの欠片ならだいたい消化できるわ」

「食べ滓を売ってくれ！　金なら出す！　いくらだ、いくらほしい！」

「勇者さま、一体どうしたんだい……」

心底心配そうな目を向けられてしまう。

ウィルは厨房に通してもらい、調理人たちに偽事情を話した。怪訝そうな目をされたが、クッキー滓や野菜の切れ端を皿いっぱいにもらえた。

三階の部屋に戻ると、スライムはまだブルブルしていた。

「こ、コレをやる！　やるから落ち着け、ジェリー！」

「本当に名前をつけおったな、こやつ……」

ウィルはクッキー滓を指の腹にすこし乗せ、ジェリーに差し出してみた。

かぷ、と口らしき器官でかぶりついてくる。

ちゅーちゅーと吸いついて、クッキー滓を消化していく。

「おお、いい吸いつきだな」

「さすがわらわをママと呼ぶだけあって口淫が上手そうじゃな」

「おーいジェリー、ご飯はコレだぞー」

ウィルが皿を指差すと、ジェリーはそちらに移動して食料に覆いかぶさった。

「なかなか賢いな。自分の名前もわかってるみたいだし」

「ブタ呼ばわりで反応するぐらいでなければ、わが娘とは認められぬ」

「もしかしたら本当に、人間の子ども並みの知能に成長するかも」

「いーやブタじゃ、わらわがブタ並みなのじゃから、こやつもそれが上限じゃ」

「……なあ、ルシア」

「なんじゃ主《あるじ》さま」

ウィルは彼女の薄い肩をつかみ、浴室に押しやった。

「脈絡なしの凌辱浴《あ》みかえ？　あのスライムを初めて使ったときの再現をしたいとでも？　まったく、子スライムのそばでなんたる荒淫。呆れた性欲大帝じゃ。言っておくが、わらわはこれっぽっちも犯されたいなんて思ってないんじゃからね！」

拘束具で全身を縛め、口には猿ぐつわを噛ませる。

動きを完全に封じたところで、浴室の外から鍵をかけた。

「ママは病気療養中だから、パパと散歩にでも出かけようか」

ウィルはジェリーを肩に乗せ、百竜の剣を佩いて宿を出た。


スライムを肩に乗せた勇者はさすがに目立つ。

目立ちはするが、それを咎める者はどこにもいない。

魔王を倒した大陸最強の生命体が、スライムごときに遅れを取るはずもない。むしろその異様な状況のおかげで、無用な声かけに悩まされず散歩ができる。

「なあジェリー……ルシアがおまえのママなんだよな」

「まーま」

「俺がパパだよな」

「ぱーぱ」

「……俺とルシアが夫婦ってことだよな」

「あうー」

「そうかそうか、ふへっ」

顔がニヤついて止まらない。

幸せな未来図に全身がふやけてスライムになってしまいそうだ。

「初めてだ……こんなに楽しい未来が想像できるなんて」

修業時代は未来もなにもなく、ただ生き抜くことに必死だった。

百竜の剣を手にしてからは、魔王との戦いが自分の結末だと思っていた。

それが魔王を倒してルシアの素顔を知ったとき、すべてが揺らいだ。無限の未来が広がっていると実感し、喜びよりも戸惑いが先立った。

それがいまでは、幸福の到来すら予感できている。

『幸せになる覚悟はできましたか』

ヒュドラの思念は抑揚が薄い。それがかえって優しげに感じられた。

「おまえは本当にそれでもいいのか？」

『ボクはとっくに折り合いをつけていますから』

ひゅるりと口笛のような音を立てて、百竜の剣からヒュドラが現れた。明星の鎧の肩装甲に腰を下ろして、ウィルの頭を撫でてくる。その優しさと温もりがやけに懐かしい気がして、ウィルは彼女を押しのけるのを忘れた。

昔――故郷の村が魔族の襲撃を受けたときを思い出す。

幼いウィルは水の入った瓶に押しこまれ、すがるような目で見あげた。我が子を安心させようとほほ笑む、母の笑顔を。

──生きのびて、幸せにおなり。それが一番大事なことだから。

木の板で蓋をする前に、母は頭を撫でてくれた。その温もりがあったから、熱病にかかるほど長いあいだ冷たい水に浸かっていられたのだ。

そのときと同じ温もりが、ヒュドラの手から伝わってくる。

「ボクはウィル坊やの剣であり、師であり、母、姉──そして鏡。復讐に囚われた修羅を映すのも飽きてきました。幸せな顔を映すのも吝《やぶさ》かではありません」

いつもの半眼が慈しみの目つきと思えた。

百竜の統合意識体、ヒュドラ。彼女はいつだってウィルを守り、気遣ってくれていた。郷にいた頃、地獄の試練を課しながら支えてくれたのも彼女だ。

（なんだろう……ちょっと、軽くなった気がする）

肩の荷がすこし降りた。それが照れくさくて「へへ」と少年のように笑う。

「ヒュドラにそこまで言われると……ちょっと怖いけどな」

「魔族を殺してるときの坊やの顔のほうが百倍恐ろしいでしょう」

そうかもしれない。たまに顔を見た魔族が怯えていた記憶もある。

「まあ、ボクだって次善策はいろいろ準備していたのですよ。そのなかから、ドラゴンとして復讐を果たしつつウィル坊やを幸せにできる手段も──」

ヒュドラは目を糸にして笑う。空恐ろしいことを考えている顔だ。

やっぱり肩の荷が降りていない気がする。

「さすがにドラゴンの怨みは根深いな……」

「ええ、深いです。深いのですが……ちょっと悩ましい部分もありまして」

彼女は大げさに腕組みをしてため息をつく。

「そもそも五十年前、ボクは輸送中に魔族どもを殺して人類の手に渡りました。ですがその前に、ボクを封印から解いた者がいます」

初耳だった。ウィルは口を挟まず、視線で話の続きを促す。

「魔王を殺す者を育てさせるべく、ボクを魔城の宝物庫から解き放ったのです」

長々と聞く必要はなかろう。

答えは多分、ひとつしかない。

彼女は魔族に執着がないどころか、疎んでいる気配すらあった。魔王という象徴を破壊するのが真意であったなら、突飛な言動や奇行にすら説明がつく。

「薄々察していたようですね。彼女の心の奥底になにかがあることは」

ウィルは返事をしない。ただ彼女のことを考えていた。

魔王ゆえの居丈高な口調で被虐を欲する歪んだ性癖の女。

必死なぐらいに折檻を求める変態。

そうしなければ自分という存在が許せないとでも言うかのように。

「俺もアイツも……過去に縛られてるのかもしれないな」

だから惹かれ合ったのかもしれない。

ペチペチ、とジェリーが頬を叩く。励ましのつもりだろうか。

「ありがとな」

礼を言うが、さらにペチペチ叩かれた。

ペチペチと。ペチペチペチと。

ペチペチペチペチペチペチペチペチペチペチペチペチと。

「俺……なにか怒らせるようなことしたか？」

「違います、ウィル坊や！」

ヒュドラは怒鳴りながら百竜の剣に戻っていく。

「まー、ま」

ジェリーが小さな手で真上を示した途端、日の光が、食われた。

突如として上空に分厚い暗雲が渦巻き、雷鳴を轟かせる。

渦を描いた雲の中心は、ウィルたちの滞在する宿の真上。

空が白く閃き、雷が極太の束になって宿に落ちた。

「ジェリー、隠れてろ」

大粒の雨が降ってきたので、マントのなかにジェリーを匿った。

トンッと地を蹴る。街路から二階建ての鍛冶屋《かじや》に飛び乗り、屋根伝いに最短距離で駆けていく。

『雷を介して転移したようです――すさまじい闇の力の塊が』

「ああ、感じた。魔王ほどじゃないけど、並みの魔貴族じゃないぞ」

間もなく宿につくというとき、目の前でふたたび極太の雷が生じた。

巨大な闇の気配が消失する。暗雲もみるみるうちに晴れていく。

高級宿《過剰なまでの愛の巣》は上半分が吹っ飛んでいた。ウィルの泊まっていた部屋は剝き出しになっているが、そこに人影は見当たらない。

飛び移って捜しても、拘束具まみれのメスブタはどこにもいない。

『あの拘束具、ボクが力をこめて頑丈にしておきましたから……』

彼女は身動きもできなかったことだろう。

「ルシアがさらわれた……」

降り注ぐ雨に打たれて、ウィルは呆然と立ちつくした。

思い描いた幸福な未来が奪われた――喪失感に脱力する。

が、ふいに背後に気配を感じて、瞬速で薙ぎ払った。

そこに黒い鎧の魔騎士がいた。百竜の剣を腹に受け、たたらを踏む。

「効かぬぅ……！　この千年妖甲があれば、一撃二撃ぐらいは……」

魔騎士は苦しげにうめきながら、両手で戦斧を振り下ろした。

極厚の刃が届くまでに、ウィルは魔性の鎧を十回刻んでガラクタに変えた。

十一回目で右腕を切り落とせば、斧も床にこぼれ落ちる。

「おっ、おぉおお？　んおおぉおおッ、なんだこれはあああ！」

喚く魔騎士の左手を切っ先で貫き、壁に縫い止める。

ひ、と魔騎士が悲鳴を押し殺したのは、ウィルの顔を見たからだろう。

冷酷な殺戮者の形相。瓶のなかで凍えた記憶が表情ににじみ出ている。

「答えろ。彼女はどこだ」

「わ、われら魔族の未来のため、ラズルシア陛下には《肉のしとね》を選んでいただく！　陛下は神となり、われらは新たなる王を迎えるのだ！」

「目的など知らん。場所を言え」

「それは……」

ぴきり、と魔騎士の兜がきしんだ。内側から異様な内圧がかかっている。

自爆――情報を漏らさないための呪か。

魔騎士の頭蓋が爆散する寸前、ウィルは自分の手で首を切り落とした。百竜の気が頭を噛み砕いて自爆呪ごと消滅させる。

「ヒュドラ、肉のしとねっていうのは？」

『……説明しないといけません？』

「もったいつけるな」

冷酷な仮面の下で狂おしい憤激がうずく。殺すことしか知らなかった頃のウィルベール・ヒンリクタスがそこにいた。

『肉のしとねは――魔王に種をつける牡のことです』

「ちょっと魔族を絶滅させせようか」

『落ち着いてください。無差別に殺す前に居場所を特定しないと』

いっそ適当に土地ごと更地に変えながら大陸を隅々まで探索すべきか。ルシアなら巻き添えで死ぬこともないだろう。

懐でぐちゅぐちゅとジェリーが蠢いた。

マントの隙間からぐにょーんと手が伸びる。

「まーま」

心なしかその方向に向けて暗雲の色が濃くなっている。

『魔城の方向ですね。儀式の場ならたしかにあそこが最適でしょう』

「全力で走っても一日かかるな……一日か……一日……」

一日あれば自分なら一体なにをするか、想像してみた。

想像のなかの自分を、男の魔族に置き換えてみる。

頭部の血管がいくつかまとめてブチ切れた気がした。

「あー、あー、あー、あー、あー、あー、あー、わはは、わははは」

変な笑いが出てくる。

感情に呼応した百竜の剣から竜気がぶわりと膨れあがる。百のドラゴンのシルエットが空を覆いつくし、街のあちこちで悲鳴があがる。

『落ち着いてくださいウィル坊や。漏れてますから、漏れまくってますから。竜気がほとばしる寸前です』

「だって、わはは、おまえルシアが、わは、わは、俺の、俺のルシアが、だっておまえ、ルシアがだぞ？　わははははははははははははははっ」

『完全に壊れましたね……』

「ぱぱ……」

ウィルは笑いながら、心臓がはち切れるまで全力疾走してやろうと思った。

馬のいななきが聞こえなければ、実際にそうしていただろう。

「旦那ー！　お忙しそうなとこ申し訳ありやせんが、ちょいといいですかねー！」

宿の馬小屋で例の行商が声をあげる。

「お連れさまの乗ってた馬が、さっきから妙な調子なんですがー！」

大の男が泣き出しそうな声だった。

彼のかたわらには異様な馬がいる。赤いたてがみを炎のように揺らめかせる、陰影すらない完全なる闇色の黒馬が。

『黒夢馬《ナイトメア》……魔王を乗せて妖化したようですね。夢を司るこの馬であれば、あるいは――ウィル坊や？』

ウィルは三階から飛び降り、ためらいなく魔性の馬に乗った。

†

過激派の魔族一党は玉座に平伏していた。

その数、およそ五十。全員が儀式魔法《遠雷召喚》に力を注いだので、ひどく消耗した様子だった。

筆頭の魔貴族ボルコヴにいたっては喘鳴に血が混じっている。その原因は儀式魔法でなく、身につけた黒い鎧だろう。全身をくまなく覆う刺々しい重鎧は濃密な殺意と妖気と闇の力を垂れ流し、装着者の命を蝕んでいく。

「愚かしいのう……ボルコヴよ」

魔王ラズルシアは氷の形相で臣下を見下ろした。巨人サイズの玉座を持てあまし、小さな体であぐらをかく。女官たちにドレスを着せられたのはまだしも、せっかくウィルのつけてくれた拘束具を外されたのが腹立たしい。

（わらわを所有物扱いする傲慢で強引なプレゼントじゃったというのに……）

くらべてみると、目の前の魔族たちのなんと頼りないことか。

「その《魔神殻》は先々代昇天時の抜け殻を、先代が魔鍛冶百人を生け贄として鎧に加工したもの。魔王以外にはとうてい着こなせんぞ」

「陛下と魔族の未来のためであれば、命など惜しくはありませぬグほッ！」

ボルコヴは吐血しながら兜を床石に擦りつける。

「グクぅ、どうかなにとぞ、陛下も魔族の未来のためにお力添えを！」

「……汝を肉のしとねにしろと？」

「ははー！　恥ずかしながらこのなかで私がもっとも精強べへっ！　ゆえにどうか、ググボッ、どうかそのお体に触れる許可をくださゴボッ！」

魔族は許可なく魔王に触れることは叶わない。闇の祝福によって変質した彼らの魂は、根源的に魔王への畏敬が染みついている。ボルコヴがラズルシアをさらうときも魔神殻越しにようやくだった。それでも彼の魂はすり減り、鎧の負荷で内臓が三つほど潰れているだろう。

（そこまでしても、懇願せねば種付けひとつできんとは……）

頼りない。情けない。魔族残党がこの体たらくとは。

ウィルなら楽々押さえつけて即ハメ強姦余裕だというのに。

「ぶっちゃけ絶対イヤじゃ。おぬしは好みではない」

「そこをなんとか！　自分らも必死なんです！　闇の太陽がないと人間どもの物量に対処できず……ぐクべほッ」

「自業自得じゃ。わらわは何度も言ったじゃろ、人間どもを逆撫でしすぎるなと。手痛いしっぺ返しが来てからでは遅いと」

「それはしっぺ返しも来ないほど徹底的にやれという意味ですな！　なるほど心得ました！　機会さえいただければ根絶やしにする勢いで！」

死ねと言ってやりたい。その一言で彼らの生命機能は停止する。そんな圧倒的な実力差があればこそ、彼らは魔王のご機嫌取りに必死なのだろう。言葉の意味を取り違えても気づかないほどに。

「だいたいわらわになんの得がある？　おぬしらはわらわを孕ませ殺して、好戦的な新魔王を迎えたいのじゃろう？」

「殺すなど滅相もなぼぶっ。暗黒神群の一柱としての栄誉を陛下にぶべべっ」

「ボ、ボルコヴ殿ー！　ボルコヴ殿の吐血量、なおも増大中！」

「ボルコヴ殿の血で魔神殻が真っ赤に！」

「ボルコヴ殿の命の灯火はまさに消える寸前！」

「なにとぞ陛下、ボルコヴ殿の忠誠を汲んでやってくんねーッスか！」

知るか。死ね。そっちこそ魔王の意を汲んだことが一度でもあるか。

「貴様ごときが死のうが生きようが、意に介する必要がどこに？」

「ど、どちらにしろ、肉のしとねとなれば命尽きますするゆえ！　ぼばっ、ヴべびッ、せめて死すなら魔族のために……！」

自己陶酔。酔っ払って盲目的になっているだけ。よしんば新たな魔王が生まれたところで、成熟する前にウィルと百竜の剣の餌食となるだろうに。

彼らはいつも現実を見ていない。

いや——見る必要がないほどに魔族は最強無比であった。

闇の太陽の加護があれば、遊び半分でドラゴンすら駆逐できるのだから。

(魔王の責任でもあるのじゃが……)

それでも許せないことはある。五十年前の一件さえなければ、堪忍袋の緒が切れることもなかっただろう。

五十年前、ボルコヴ一派は穏健派の魔貴族を謀殺した。

その配下は海の外に追放されて、杳《よう》として行方が知れない。

ラズルシアの話を比較的まともに取り合ってくれる者たちであった。

「おぬしだけは絶対にイーヤーじゃ。おぬしの子などだれが孕むか。まだウィルの子ですら孕んでおらんのじゃぞ？　子ども的なものはできてしまったが――」

そういえば、あのスライムはどうしているだろう。ママを呼んで寂しげにしている姿を想像すれば胸が痛む。

玉座の間はにわかに騒がしくなった。

「あの人間の子、とは……」

「まさか陛下……あの人間に御身を穢されて……」

失言だったかもしれない。それとも絶好の機会か。

「穢されたというかのぅ……まあ汚いものをぶっかけられてブタ扱いされて叩かれたりつねられたりツバを吐きかけられたり、捕虜虐待としか言えぬ仕打ちは枚挙にいとまがない。わらわがいやじゃいやじゃと泣き叫んでも髪をつかんで引っ張りまわし、醜くそそり勃った剛魔羅でガッツンガッツンパンパンドピュドピュとめくるめく強姦地獄を体験させられたわけじゃが、ウィルというのは尊厳を踏みにじる天才でのう、食事に精液をぶっかけて食べさせるわ、全裸で街を歩かせるわ、子宮にそそいだスライムを道ばたに排泄させるわ、わらわはもう百年分の恥辱を味わいまくってすっかりメスブタ天国を満喫してしまってのう……あ、それからほかにも――」

語る。饒舌《じょうぜつ》に語りまくる。舌を繰るだけで股がジュンと湿る。

あらためて思い知った。彼と出会ってからの日々は星空のように輝いている。

「宵闇に輝くメスブタの星――それがいまのわらわじゃ」

うっとりと宙を見つめて言いきる。

パタ、パタ、と魔族たちが卒倒した。何人かはショック死している。

生き残った者たちは顔を充血させて雄叫びをあげた。

「おのれ、おのれ人間め！　なんたる暴虐！」

「許せぬぞ、ウィルベール・ヒンリクタス！　われらが王を辱めた罪、その身ひとつであがないきれると思うな！」

「ごぶぶばッ」

「ボルコヴ殿が怒りのあまり目鼻口から同時に血を噴出されたぞー！」

魔城が郎党の憤激に震撼する。

「卑劣なるウィルベール・ヒンリクタスに死を！」

「邪悪なるウィルベール・ヒンリクタスに苦痛を！」

「クズめ……ゴミ虫め……グクぶふっ、穢してやる、魂そのものを！　自分の身のほどが糞虫にも劣るものだと理解するまで痛みと恥辱で徹底的にクぶろッ！」

たび重なる暴言の数々に――ルシアは間もなく、キレた。

「身のほどを知るのは貴様らじゃ！」

轟ッと吹き荒れる蛮声に鳳凰石の壁が次々に吹っ飛んだ。

魔族たちは凍りつく。鼓膜が破れた者も多数。

ルシアは臣下を睨み殺さんばかりに見下ろした。実際に何人か破裂して死んだりもしたが、かまわずに語りだす。

「ウィルは全力のわらわと戦って勝利した真の勇者じゃ……力を失ったわらわを魂の底までなぶりつくす生粋の凌辱者じゃ！　その強さに、極悪さに、貴様らごときがかなうものか！　マジ鬼畜じゃぞ、あの男は！」

「し、しかし……！　陛下の恥をそそぐも臣下の務めべへぶッ！」

「だーまらっしゃい！　臣下が出張るほうがよっぽど恥じゃ！　それにな、たしかにウィルは残忍無比の折檻戦士じゃがな！　根はわりと、その……」

ぽ、とルシアの頬が赤らむ。

「けっこう、可愛いんじゃぞ」

急に照れまくる王の姿に、魔族たちはぽかんとした。

「わらわが失神したとき、髪や頬に……気のせいかもしれぬが、優しくキスをしているような……あやつもまだ若いから、ただの気まぐれじゃろうが……旅の最中、わらわが疲れておらぬかサラリと気遣ったりもするし、いやそれも万全な状態で折檻をしたいからじゃとわかってはおるぞ？　おるけれども、あやつの真剣な瞳で見つめられると、たまにわらわも魔が差すことがあってのう。たまには飼い主と家畜でなく、べつの関係も悪くないかもと……いや思わぬぞ！　貴様らと違って身のほどはわきまえておるからの、いまさらやつと、こ、ここここ、ここここ恋人同士など……！　それどころかパパとママなどと、もう想像するだけでッ、くふふふふっ、お笑いじゃっ、くふふふふふふふふへへへ、ふへへへ、ふへへ、へへへぇ……んきゃーッ！　なにを恥ずかしいことを言っておるのじゃ、わらわは！　キャー！　キャー！」

顔を手で覆って左右へ身を振る。

死ぬほど恥ずかしいけど、清々しい。

溜めこんでいた気持ちを口に出すことの、なんと爽快なことか。

場が静まり返っているのが、冷静になると響いてきそうだが。

「ヒヒーン」

馬のいななきが響いた。はて、馬系の魔族はいなかったはずだが。

手の平を顔からどけると、居並ぶ魔族のただ中に黒夢馬《ナイトメア》がいた。

「まーま」

騎手の懐から、スライムが可愛らしい声をあげる。

その男は抜き身の剣をぶらさげ、紅潮した顔をあらぬ方向に向けていた。

「へ、陛下……！　気絶した者の夢を介して現れた模様で……！」

魔族のひとりが怖々と説明する。

「……聞いておったのか、ウィルよ」

「な、なにが？」

ウィルは挙動不審にとぼける。いや、これは聞いていない。なにも知らない素振りだ。ルシアは自分にそう言い聞かせた。

「聞いておらんのじゃな！　そうかそうか、聞いておらんか！」

「なんのことだかサッパリわからない！　あーわからん！　わははははは！」

「そーかそーか！　くはははははははは！」

「わはははははははははははははははははは！」

ピタリ、と双方の笑い声が止まる。

赤面でチラチラとおたがいの顔を盗み見る。

深呼吸をして意識を切り替えた。

「来たれ、魔神殻！　真の主の元へ！」

「えおっ、あの、陛下！」

闇色の鎧はボルコヴの体から弾き出され、ルシアの体にまとわりついた。

より禍々しく変形し、魔神の爪のように白い肌を鷲づかみにする。手足にはびっしりと隙間なく。頭部は角を増強する形で。

胴体は胸の先と股を爪でちょんと隠すのみ。肌に浮かぶ赤い妖紋は増幅された闇の力の発露であり、あらゆる衝撃を弾き返すだろう。

　余ったパーツは背面に集束し、翼とも巨大な手ともつかない器官となる。ルシア自身よりもはるかに体積が大きい。

「待っていたぞ、このときを！　いまこそ魔王ラズルシア、いや大魔王アーク・ラズルシア大復活じゃ！　くははははははははははは！」

「そ、そうか、そうだったのか……いままでずっと機を見計らっていただけで、いろいろなアレもコレも演技だったというわけだな！」

「そのとおり！　じゃからさっき長々語ったことも全部嘘じゃ！　聞いておらんかもしれんが、丸ごと全部嘘じゃからな！」

「聞いていないが了解した！　わははッ、嘘だ嘘だ！」

「ならば皆の者かかれい！　勇者を血祭りにあげよ！」

　魔王あらため大魔王の命令に、一同は咆吼とともに武器を取った。

　あきらかにおかしな流れだと全員気づいているだろう。それでも、ゆかねばならない。戦って忘れたいこともある。

　絶望的なまでに無駄な抵抗の時間が始まった。

　力と力がぶつかり合い、大きく爆ぜた。

勇者と大魔王の激突ののち、静寂が魔城に訪れる。

背中合わせで立ちつくし——力なく膝をつくのは大魔王だった。

「また、わらわの負けか……」

魔神殻の背部装翼が崩壊し、瓦礫《がれき》の下の魔族たちが苦しげにうめく。

魔城最上階は戦いの余波でまた見晴らしがよくなっていた。壁も天井も半分ほどしか残っていない。魔族の敗北を象徴するような眺めだった。

(まさにわらわのためにあるような光景じゃ……)

心に染みいる敗北感をじっくり噛みしめ、そして笑う。

「くふふふっ、あー悔しいのう！　二度も敗北するとは屈辱じゃ屈辱！」

爽快に破顔一笑。身軽なステップで勝者へと振り向く。

ウィルは苦笑いをしていた。闘争心も怒りも憎しみも感じられない。

「俺は……」

ただすこし、複雑そうに眉を歪めている。

ぶちゅ、と粘音が鳴った。

広間の端に避難していた黒夢馬の背で、ジェリーが悲しげに泡を立てる。

「まーま、ぱーぱ……けんか、ぃや」

「おおお！　もう新しい言葉を覚えた！　偉いぞジェリー！」

「これはわらわ似の聡明さかもしれん！」

ふたりはジェリーに駆け寄り、猫なで声で話しかけた。

「パパもママも喧嘩なんてしてないぞー。ちょっと運動してただけだからなー」

「そうじゃぞー、たまに全力で運動するとスカッとするんじゃぞー」

「なー、仲良しだよなー？」

「仲良しじゃぞー？」

ふたりで手を取り合って仲良しアピール。

ジェリーの顔にぽこんと穴がふたつ生じた。目、だろうか。まじまじと見つめてきたかと思えば、全身が伸びあがってふたりの手に粘りつく。

「な……か、よし……」

安心したのか、ジェリーの体がどろりと張りを失った。

「……眠ったようじゃの」

「瓶を持ってきたから入れておこう」

スライム瓶を添えれば、ジェリーが雫ひとつ残さずに吸引された。

瓶に蓋をし、ふたりは視線を交わす。言葉が出てこない。

『で、お手々つないで次はどうするのですか、仲良し夫婦さん？』

ヒュドラの思念は抑揚に乏しいくせに心底嫌みったらしい。

ふたりは顔を見合わせ、同時に顔を沸騰させた。

「……あああー！　勝者の特権をもって蹂躙されるのじゃー！」

「とと当然だ！　ジェリーが眠ったいま、一切の遠慮をかなぐり捨てた俺は人類の怒りと憎しみを背負ってここに立っている！　オラッ這いつくばれ！」

ルシアは頭をつかまれると、押さえつけられる前に自分で上体を落とす。

鼻先にちょうど彼の靴が映った。

「く、靴をなめろ！」

「む！　そういえば基本中の基本じゃがまだ未経験じゃった！　なぜいままでやらせなかったのか理解できん！　それでも折檻戦士の端くれか！」

「いいからなめて屈従しろって！　でないと生き残った部下も皆殺しだ！」

瓦礫に埋もれた魔族たちが苦しげにうめく。

「……べつにコイツらが死んでもわらわは気にせんが」

「そこはいちおう気にしてやろうよ……」

同情的なウィルの声は、かえってプライドの高い連中を逆撫でした。

「陛下ぁ……陛下を穢されるぐらいならば、われらは死を選びます！」

「われらのことは捨て置いてくだされ、陛下ァ！」

痛烈なまでの忠義の叫びだった。

ルシアはその言葉を重く受け止め、彼らを捨て置くことにした。

「れろれろっ、むちゅっ、んぅうーん、逆らえぬぅーんっ」

なめた。靴を。全力でキスも交えて。部下のことなど瞬時に忘却して。

いや、実は忘れていない。正直かなり意識している。

部下たちの見ている前でこの屈辱。頭髪が逆立ちそうなほどに鳥肌が立つ。脳まで毛羽立っていくような感があった。

「この凌辱魔にはもう勝てんのじゃ……身も心も魔王でなく家畜にされてしまったこの悲しみ、もはや涙も涸れ果てた……」

口先で嘆きながらなめまくる。チラチラと臣下の様子を確かめながら。

(これで理解できるじゃろう……わらわがもはや魔王でなく、ウィルに媚びへつらうことしか許されぬ惨めな飼い豚ということを)

期待をこめて靴なめに興じた結果は、想像以上のものだった。

「へ、陛下、陛下ぁ……ぐふっ」

「終わりだ……魔族の天下は終わったぁ！　げぼっ」

「死ぬ……死にたい……死んだ……心が……ぅごべっ」

生き残りたちはショックのあまり次々に失神していく。

「あのさ……俺が言うのもなんだけど、もうちょっと手心ってやつを……」

「痴れ者！　愚か者！　そちは尊大に高笑いしてわらわを足蹴にするのが役目じゃろうが！　貴様らの大将を味見してやるからよく見てなグヘヘェと！」

「見てなもクソも、いまので全員死んだんじゃ……」

ルシアは気配を探ってみた。

失神した者たちの命の灯火はまだ消えていない。

「あれしきで死ぬ小者は、瓦礫の下敷きになった時点で絶命しておる」

「でも意識がないし、どっちにしろ見せることはできないし、人に見られながらっていうのは正直俺も……」

「……いや、可能性はまだあるのじゃ！　気絶していようと、いや気絶しているからこそ見せられるものがあろう！」

その口ぶりでウィルも理解したのか、視線を黒夢馬《ナイトメア》に移す。

赤いたてがみの妖馬は合点承知といなないた。

「これは人類のためでもあるのじゃぞ……そちは同胞の命をすこしでも多く救いたいと思わんのかえ？」

ルシアの微笑は邪悪の権化たる魔王にふさわしい悪辣なものだった。

黒夢馬は悪夢を司る。

悪夢を見せ、夢を介して移動し、夢のなかで魂を食らう。夢を見るはずのない深い眠りにおいてさえ、彼らの魔手からは逃れられない。

ボルコヴ一派は目を逸らすこともできずに夢を見せられているだろう。

魔王の童顔が男根でペチペチと叩かれている様を。

「ああッ、いやじゃっ、いやじゃあっ……！」

ルシアはとびきり情けない声をあげる。

以前も監禁部屋として使われた寝室のベッド。押し倒され、のし掛かられ、顔に肉棒を叩きつけられていた。

「ひゃんっ、ひどいのじゃッ、あンッ、これ以上はもう……！」

頬を打たれるたびに魔王の尊厳が失われていく。

ただの小娘に落ちぶれ、声が細くなっていく。

それはまるで汗と一緒に悪いものが流れ出すような爽快感だった。全力の戦いで疲れきった体から、魔王としてのしがらみや負担が抜け落ちていく。

「このような汚いもので魔王の顔をッ、しかも大きな手で頭をがっちりつかんで逃さぬ強引さっ、たくましさッ、あぁあん、逆らえぬぅ……！　人間の強さと淫らさに絡めとられて、なにもできぬ無力なブタ気分じゃ……！」

頬に血色を乗せて恍惚とする顔を、魔族たちはどんな気持ちで見ているだろう。

（くふふ、そちらも知るべきじゃ。蹂躙される者の気持ちを）

ウィルの剛直は百竜の剣に劣らず硬い。

綿雪のように柔らかな頬で勝てるはずがない。

物々しい魔神殻をまとったまま、肉竿一本に敗北感を刻まれつづける。

「どうだ――俺のコイツは怖いか」

ウィルに頭を揺さぶられ、鈴口の露を鼻の下に塗りつけられた。

牡の生臭さには牝を茹だらせる力がある。あぁ、と喘ぎが漏れた。

「こわい……こわいのじゃ……こんなに臭いもの、ぁあ、おそろしい……」

「なにが怖いか、ちゃんと言葉にして言ってみろ」

なんだかんだでウィルもノリノリだった。

ルシアは興奮で渇いた口を唾液で湿らせ、それでもかすれがちな声を返す。

「ち×、ぽォ」

口にした途端に自分が穢れたと思えた。

娼婦が好んで口にするという俗称を、魔王の口から言ってしまった。

ダヴォリウトで偶然知って以来、使う機会を窺っていた単語である。まさに絶好の機会。臣下に聞かれる形で言ってしまった。

「あぁ、ち×ぽぉ、ち×ぽ怖いのじゃぁ……」

顔中に押しつけられて打ち震える。

「臭くて強い、人間の、ち×ぽぉ……！」

舌がうずいた。発声器としてその名を発するだけで飽き足らず、味覚器としても味わいたいと思う。ヨダレが止まらない。

ねろりと舌なめずりをした。

その仕草ひとつで可憐な顔が、悲愴な虜囚から欲深な淫婦のものに変わる。

「おっと、危ない」

ウィルはすっと逸物を引いた。

「な、なんじゃ……どうして下げてしまうのじゃ……？」

「魔王サマのお口に人間の汚いモノが触れてしまうところでしたので」

無意識にルシアみずから唇を寄せていたのだが。

「い、いまさら気遣いなど……傲慢で下劣な凌辱者らしくもない」

「おやおや、心なしかずいぶんと残念そうですが？」

「そんなことあるはずないのじゃ！　侮辱じゃ！　わらわのことをチ×ポしゃぶりたくて四六時中お股濡れまくりの淫乱生命体ラズルブタなどと！」

「いやそこまでは言ってない、落ち着け」

ついテンションをあげすぎてしまった。いきなりメスブタ全開では見る者も反応に困るだろう。徐々に慣らしていきたい。

悲しげに目を伏せて小さくかぶりを振ってみる。

「肉体の七割が肉欲汁でできているそちのことじゃ……わらわの幼子のように清楚な唇も、超弩級メスブタ調教棒でなぶるつもりなのじゃろう……舌に牡の味が染みついて取れなくなるまで徹底的に……ああ、いやじゃ、そのような無体はぢゅるっ、くふふっ、もう耐えられんのじゃ、ぢゅるるっ」

ヨダレ出まくり、すすりまくり。

(目の前でガチガチになったものを見せつけられたら、そりゃあわらわもガマンできなくなるのじゃ……これじゃからウィルはずるい)

魔王であろうと勇者のガチ勃起チ×ポには逆らえない——その事実が嬉しくてたまらない。乱暴に角を引っ張られても、「アンッ」と嬌声をあげてしまう。

「ちょっとこっちで仰向けになれ」

言われるまま仰向けに。首から上がベッドからはみ出す形で。頭を垂らせば天井と床が逆になる。突きつけられた逸物の反りも正反対だ。

「口を開けろ」

ウィルはベッドから降り、正面から股間を突き出していた。

彼の望むところは容易にわかる。ルシアは言われるままに口を開けた。

「あぁーん」

「いいぞ、そのまま……」

口腔を秘裂に見立てて肉竿が押し入ってくる。唇に触れる牡の感触がルシアのなかの牝を歓喜させた。

まずはエラの張った赤い頭。次に青筋の浮いた太い幹。

火傷しそうな熱さ。鼻まで突き抜ける野性的な匂い。

(顎が外れそうじゃ……)

もっと膣の気分を味わうべく舌を張りつけようとするが、

「待て、なめるな。まだまだもうちょっと……」

すべてを察したようにウィルが制する。

行儀よく待っていると、彼の熱気がどんどん奥まで入ってきた。

くちゅ、とそれが舌に触れた。ルシアの小さな口では当然のことだが、「まだだ」と言われたので動かしはしない。

「んんぅう、んっ、んんぅぅ……!」

さらに奥へ潜りこんでくる。彼の逸物が。反り返った海綿体の塊が。

ごちゅ、と喉に触れた。

「かッ……ご、おぐッ……!」

むせ返りそうになるのも耐える。もうすこしだから。まだ奥があるから。

「おお、これなら根元まで……！」

躊躇なくねじこんでくれることに、ルシアは感謝すらした。

喉を割り広げ、ごぼごぼと音のする深みを掘り進む――そのために口と喉を直線上に並べたのだろう。魔王を討伐した勇者にふさわしい勇ましさと周到さだ。

(見ておるか、者ども……！　これこそがウィルベール・ヒンリクタス……わらわを超える地上最強の男じゃ！）

鼻面に柔らかい陰嚢が当たった。

「よし……全部ねじこんだから、しゃぶっていいぞ！」

言われた瞬間、ルシアは生ける口淫装置と化した。

「んぢゅっ、れるぢゅッ、ぢゅぱッ！　ぢゅるるるッ、ぢゅぽぽッ、おいひっ、おいひぃっ、んぅうッ、んぢゅるぅううッ」

唇を思いきり閉じて密閉し、雄肉を舌で削がんばかりにねぶりまわす。気管が塞がれたままでも数日は活動できるので問題なし。

とにかく、いまは、味わいたい。戦いで汗臭さを増した彼の隆起を。

(美味……うまい、おいしすぎるのじゃ……！　生臭くて熱くて、太いのもビクビクしてるのも、全部全部わらわの口を悦ばせるための供物のようじゃ……！）

形すら味覚を刺激していると思えた。

反りとエラによる圧迫感は極上の喉越し。

おまけにウィルは黙ってしゃぶられるだけの男でもない。

「とんでもない吸いつきだが……俺も負けてられないな！」

脈動の塊が蠕動し始めた。ゆっくりと退いて喉肉をえぐり——素早く奥を突く。

「ごぼッ」

ルシアのうめきにも構わず肉棒は出入りを継続する。

濡れそぼった粘膜の坩堝《るつぼ》を男の怒張がかきまわす。入れる穴を間違ったかのような抽送なのに、ウィルの笑みは確信的で清々しい。

「娼館では膣のことをおま×こと呼ぶらしいが、この口は見事なマ×コだな！」

彼もまた卑猥な俗称を強要して魔王の尊厳を損なうつもりらしい。

「口マ×コだ、魔王の口マ×コ！　魔王のくせに人間に種付けされる淫乱穴だ！　悔しいだろう、人間の欲望の餌食にされて！」

「んぉおおッ、くやひぃぃッ……！　おぼッ、がぼっ、んぢゅるっ、ち×ぽがお口ま×こにおいひしゅぎてっ、くやひしゅぎるぅうぅッ！」

崇められてきた半生をズタズタにされる気分だ。

口内を掻き擦られるたびに、自分の発してきた言葉まで凌辱される。これから発するであろう言葉も、すべて淫乱な牝の戯言に堕するのだろう。

それだけの威力が彼の逸物にはあった。

（わらわはいつも、こんなすごいモノで犯されておるのか……！）

口内粘膜が膣並みの性感帯に作り変えられていく。はっきり言って超燃える。いっそ全身くまなく彼の性欲処理の道具に変えられてしまいたい。

「しかも胸まで無駄に揺らしやがって、エロ牝が！」

上から胸が鷲づかみにされた。指の合間から白い乳肉がはみ出すほどの圧搾に驚いて、喉がひゅぼっと窄まる。

「んおぉっ、ごぱッ、おっごぉ、効っきゅぅぅうッ！」

「細っこい脚ガクガクさせてるじゃないか！　こんな乱暴にされてよがるのか！　口も喉もマ×コにされて、オッパイぐちゃぐちゃにされて！」

ウィルはとかく乱暴だった。腰遣いは大振り。唾液と先走りの潤滑でも足りないぐらい疾速。乳房はスナップを利かせてねじり揉み。乳首が魔神殻からこぼれたら、親指の爪で容赦なく潰す。

ルシアの大好きな、痛くて苦しいぐらいの肉欲折檻。

「あおぉおおッ、ブタにっ、ブタになりゅぅぅうッ！」

下腹が締めつけられたようにうずく。破裂しそうな熱が子宮に溜まっている。せまりくる衝動に耐えるため、細い手足をベッドに突っ張った。

「の、喉マ×コでイクか！　イけッ、種付けしてやるからイけッ！　ブタみたいに鳴きまくれ！　イキまくって鳴け！　鳴け！」

ウィルも上り調子で勢いを増し、あどけない悦顔を陰嚢で何度も叩く。

口舌をこすり、食道を貫き、細い喉をぼこりぼこりと何度も押しあげる。

海綿体は硬度の限界に達して、爆ぜんばかりに痙攣していた。

彼から滴り落ちてくる汗の冷たさも爆発の予兆のようだった。

(種付けされてしまう……！　喉から胃袋に精子を仕込まれて、わらわがウィルの所有物にすぎぬと思い知らされてしまうのじゃ……！)

もちろん大歓迎。喉の嚥下運動で肉棒を愛撫して、彼の射精衝動に点火。

「孕め、孕めッ、孕め孕め孕めッ！　魔王ラズルシアぁ……！」

反りモノが大きく脈打つ。ウィルは爆発したのだ。

びゅううッと熱いものが喉管を貫く。ルシアが飲みこむ必要もないほどの噴圧で胃袋をどんどん満たしていく。

「おぼッ、ぼぷッ、おっご、ふぐッ、おぱっ、ぉあぁぁあッ」

溺れるような喉音を鳴らしながら——孕む、と思った。

胃袋が受精してしまうほどに精液は濃く、精子は活気にあふれている。鉄すら溶かす魔王の胃液が駆逐されていく。子を作る場所に作り変えられていく。

おのれ、と悔しがるのは膣と子宮だった。

「股が寂しがってるみたいだが……」

ウィルは脚のこわばりを見て判断したらしい。

「まだまだ入れてやらないぞ」

ウィルはほぉーと嘆息をつき、喉奥射精に耽る。

このまま何時間でも出しつづけられそうであったが――

「ふぅ、そろそろ落ち着いてきたから……もう一発喉に出すか」

「ぉおおッ、ひょんなぁ……きちくめぇ」

彼は徹底的に焦らすつもりだ。渇望に狂った秘処はきっと、想像を絶する屈辱と快感の場になるだろう。至福の予感にルシアの頭がどろりと溶けた。

たまらなくなって、口内が肉棒にへばりつく。彼が腰を引けば唇が伸び、頬がへこんで、愛らしかった顔が無様の極みとなる。

「んぢゅっ、おぢゅぢゅぅうッ……」

「もう完全にち×ぽに病みつきだな、魔族の偉大な王サマは」

軽く頬を叩かれてルシアの全身が喜悦する。

（ふあぁ、わらわのブタ堕ちはまだ始まったばかりじゃ……！）

臣下たちが夢を介して見ている事実が、ますますルシアを昂ぶらせた。

追加で二発の射精を経て喉凌辱は終了した。

腹がよい具合に満たされ、はしたなくもげっぷをすれば牡の匂いが漂う。ますます気分は昂揚し、ルシアは期待に目を輝かせた。

「そ、そろそろ本格的に来るのじゃろう？　口と同じように、べつの穴もズッコバコに拷問するんじゃろう！　穢らわしいケダモノめッ、くふふふっ」

「いや、まだだけど」

「えぇー、まだ精液を無駄遣いするのかえ」

「心配しなくても今日はめちゃくちゃたぎってる。徹底的に全身なぶるぞ」

標的となったのは、胸。

体勢を直して枕に後頭部を預けると、乳間が餌食になった。

精液と唾液をまとった海綿体はよく滑るし、鋼の硬さも健在。腰遣いもバネ仕掛けのように躍動的で、衰える気配がまるでない。

「自分で胸を押さえろ。両側から手首で——」

「ああー嫌なのに逆らえないのじゃ……逆らったらもっと残虐無比にいたぶられるからしょうがなく従うしかないのじゃ……くやしすぎる……！」

言いながら手首で乳房をぎゅっと挟んだ。圧倒的な肉量に細腕が埋もれてしまいそうだが、それでも中央の乳圧は増す。

ウィルの顔が心地よさそうに引きつった。

「よし、そのまま人差し指と中指を立てろ」

「なんじゃそれは……それで締めつけが変わるわけではあるまい」

「締めつけは関係ない、ピースサインってやつだ。太陽神《ベルフエクタ》と月光神《アチエルタ》を表す勝利と平和のサインだが、まあ最近はだいたい嬉しいときや楽しいときに使う」

ルシアは彼の意図を理解してゾクリとした。

「オッパイもマ×コにされて嬉しいんだろう？　ならピースをしてみろ」

我が物顔で柔乳を凌辱しながら、こんなことを言う。

太陽神と月光神は人類の守護神であるばかりか、暗黒神群と対立する聖光神群の主神でもある。魔王にとってピースサインとは、人類と聖光神群に屈したことを意味するだろう。つまり魂の根本まで敗北するということだ。

「そ、そこまでの屈辱を、このわらわに強いるのか……！」

睨みつける。必死で睨みつける。

怒りに歯がガチガチと鳴る。喜びに口元が緩みそうになる。

きっと臣下たちは心で絶叫していることだろう。それだけはならないと。王の最後の矜持だけは捨てるなと。

「やれ、負け犬」

ウィルの目が真夏の太陽のように、熱い。有無を言わせない圧力がある。

(ヤバい、ヤバいヤバいヤバい……！　今日のウィルは想像以上にヤバい感じに仕上がっておる……！　このままではわらわは、わらわは……！)

いくらなんでもそこまでは——ためらうのは魔王の本能か。

それでこそ堕ちる甲斐がある——喜悦に笑う心もあった。

相反した感情に全身から汗が吹き出る。神経が過敏になって、乳虐の摩擦感が何倍にも上昇した。皮膚が膣膜に変わったみたいに、熱くとろける。

「嫌がってもかまわない。無理やりやらせるから」

「ふえっ、ほっ?」

ルシアの小さな手がウィルのゴツゴツした手につかまれた。

人差し指と中指が、彼の親指で無理やり押し開かれていく。

「あぁぁ、いやじゃっ、横暴じゃっ、そちはわらわをなんじゃと思っておる……！」

「ブタ」

「そうじゃったぁ……！　ブタじゃったぁ……！」

いままで散々ブタ呼ばわりで悦んできたのに、いまさら横暴もなにもない。

彼に初めて敗北した瞬間から、この結末は決まっていたのだろうか。だとしたら、二本の指にかかる力は運命そのものだ。逆らえるはずがない。

「あぁぁ、わらわは、わらわは……」

ぐ、と二本指が開かれた。関節が伸びきってはいないが、たしかにピースサインが完成する。しかも左右でふたつ。

大切ななにかが崩れ去る音が聞こえた、かもしれない。

「あぁぁ……わらわ、完全に終わったぁ……！」

すべての矜持と尊厳はとっくに捨て去ったつもりだった。だが本当は、無意識に自分が王であることに固執していたのかもしれない。

そんな最後の砦すら、ふたつのピースサインに打ち砕かれた。

空っぽになった王の器に湧き出す感情は、熱く甘美に煮えたぎっている。

「あぁ、ウィルぅ……わらわはもう魂の底まで、そちの所有物になってしまったようじゃ……んっ、ウィル、ウィルぅ、あぁんっ」

完膚なきまでに負けることは、このうえなく清々しい。

彼が生唾とともに勝利感を呑みこんでいる様が、いとおしくて仕方ない。

「よし……おめでとう負けブタ！　乳マ×コに種付けのお祝いを食らえ！」

「ぁあッ、ウィルぅ、ウィルの濃い精液が来るぅうッ！」

敗北感に充ち満ちた負け乳を征服者の勝ち汁が貫いた。胸に収まらずに飛び出し、陶然とした童顔に引っかかる。

愛らしい両手は自由になってもピースをしたままだった。


「もっとだ！　もっとそこらじゅう孕ませる！」

ウィルに灯った炎は一向に消えない。収まらない。

彼女の顔の前で手淫をし、舌を出した「顔マ×コ」に射精する。

「そらっ、顔で孕めっ」

「あぁんッ、わらわの顔が敗北感に満ちていくのじゃっ！」

次いで指が細くてやや短めの愛らしい手、すなわち「手マ×コ」が餌食となる。

「ほらっ、手で孕めっ」

「くぅんッ、わらわの手にした過去の栄光がドロドロにぃっ！」

さらには「腋マ×コ」にもぶっかけてきた。

「うらっ、腋で孕めっ」

「ふあぁッ、わらわの腋がウィルの欲望の的になったのじゃっ！」

そして「髪マ×コ」も。

「おらっ、髪で孕めっ」

ほっ…♥
かぁぁーっ

「んふぅッ、わらわの自慢の黒髪が白くなってしまうのじゃっ！」

あまつさえ「鼻マ×コ」にまで
「オラオラッ、ブタのように鳴いて鼻の奥で孕めっ」

「ブヒィッ」

すべてピースサインのおまけ付き。

魔王がどん底まで凋落《ちょうらく》したことは臣下たちも痛感しているだろう。

(これでもう二度とわらわを担ぎ出そうとは思うまい)

自分でも馬鹿馬鹿しいほどメスブタなのである。王どころか家畜としても厳しいほどの惨め道を邁進中。精液まみれのダブルピースで。

ベッドの上で四つん這いにされると、みずから尻を振っておねだりする。

「ウィルぅ、マ×コっぽい部分への種付けもいいが、そろそろ……」

「ああ、この穴の具合はどんなもんかな」

毛のひとつもないツルツルの秘処に人差し指と中指が差しこまれた。

「んぅうっ、ゆ、指でなく……！」

「ほら、俺もピースだ、おまえの体で愉しんでやってるぞ」

膣内で指が広げられ、白く濁った本気汁が大量にこぼれ落ちる。

「はぁあッ、くんんんんッ、はやくぅ、わらわを犯せぇ……！」

「こりゃもう、できあがってるなんてもんじゃないな。ぶっかけられただけで何回かイッてただろ」

「イッてたぁ……！　精子がかかるたびにイッてたのじゃ……！」

「全身マ×コになったんだな。いい子だよ、よしよし」

ウィルは尻を叩きながら指を抜き差しした。若くてスベスベの臀皮と幼くてプリプリの膣肉はたやすく快楽の震えをきたす。

「おひぃいいッ、気持ちいぃいいッ……！　いいけどぉ……！」

「イカせてやるから安心しろよ、子豚ちゃん」

二本指がクッと曲がった。バチッと膀胱に紫電が走る。

「ひっ、いぃいっ、そこは……！」

彼の腕が振動し始めた。壺中の敏感スポットを高速で連打する、ウィルベール・ヒンリクタスの必殺技。

ルシアは間を置かずに絶頂と潮噴きの連鎖に巻きこまれた。

「あひッ、ぃひぃいいいぃいッ！」

「噴くのも一瞬か。本当にできあがりすぎだな」

「ちがっ、違うッ、ひがうのじゃぁッ……！　コレでなくっ、太いのッ、ち×ぽがほしいのじゃ……ッあぁぁあああッ！」

性感神経が焼き切れるような快楽も嫌いではない。

理性が搾り取られるような噴出感も気持ちいい。

だが、いま求めているのは胎内がギチギチになる充実感だ。

「ほしひぃぃ、ほしひっ、ち×ぽほしいぃぃいッ」

涙ながらに懇願するが、ウィルを止めることはできない。

五回、十回と潮噴きが連続する。ルシアは拠り所を求めてベッドのシーツをつかみ、小さなお尻を何度も跳ねあげた。

「きひぃぃいッ！　ほ、ほしいのにぃッ……！　なぜじゃぁ、わらわはもうすべて認めたのにぃ、いぃいいんッ！　なぜ意地悪するのじゃっ、あぉおおおッ」

懇願と嬌声の入り交じった慟哭《どうこく》は獣の声にも似ていた。

ピタリと彼の指が停止する。

そしてゆっくりといたわるように膣内を前後し始めた。

「おぉぉ……はぅう、ウィルぅ……」

突然の優しさに脳がとろけて胸が熱くなる。

彼のささやきも幼子に問いかけるような優しさを含んでいた。

「マ×コってのは男の種で孕むためにあるんだよな」

「そうじゃ……わらわのマ×コは、もうウィルのものになっておる……」

魔王ラズルシアはもう死んだ。なんのしがらみもなく、彼に犯されていられる。すくなくともこの瞬間においては、そう認識していた。

「ならここで宣言しろ——俺を肉のしとねにすると」

命令をねじこむように、極太の逸物が裂け目に入ってくる。

一瞬、ルシアの意識は覚醒した。

「お、愚か者！　それがなにを意味するか、そちはんんんッ」

戻ってきた理性を保てない。茹だりきった肉襞は男根との接触に粟立ち、信じられないほどの快感を振りまいている。

堕ちたい、と思った。酔いしれたいと思った。

彼の命令ならなんでも聞きたい。

なぜなら、身も心もすっかりウィルの虜だから。

(で、でも、ダメじゃ……！　それだけは絶対に……！)

ルシアは這って逃げようとしたが、細腰をウィルにつかまれて動けない。尻を振っても逸物が抜けるどころか、摩擦が増して気持ちよくなるだけだ。

「いやじゃ！　あぁあぁあッ、いやぁ、いやなのじゃぁ……！」

涙が流れた。鼻水が垂れた。どちらも快感のためではない。

「いいから言えよ、肉のしとねにするって。汚らしいブタのおまえに飼い主様の子種を恵んでやるって言ってるんだぞ？」

そういう言い方はヤバい。ブヒブヒ悦んで従いたくなる。

「いかん……！　それでは、に、妊娠してしまうじゃろうが……！」

背後から歯ぎしりの音が聞こえた。

「……しろ。させる。俺が孕ませる。ほかのだれにもやらせない。おまえは俺のモノだから、俺の子を孕め……！」

振り向かずとも声だけでわかる——彼もまた必死なのだ。

剝き出しの独占欲に駆られて止まらなくなっている。ルシアが魔族たちにさらわれたときに、なにか思うところがあったのだろう。

（ウィルがわらわに、子を産ませたいなどと……！）

また別種の涙があふれた。歓喜の雫だ。

いますぐ振り向いて彼に抱きつき、肉のしとねに任命したい。

そうすれば自分の腹に、彼の子を授かれるのだ。

「ぁあああッ、じゃが肉のしとねは魔王の胎《はら》に魂すら注ぐもの……！　種付けを終えればそちが死んでしまう！」

たった一度しか許されない至上の快楽が肉のしとねだ。あまりの愉悦に種付け役の魂は消滅してしまう。天上に昇ることも地獄に堕ちることも、さまよえる悪霊となることすらない。あるのは完全なる無。

「わらわはイヤじゃ……！　そちがいなくなるなど、絶対にイヤなのじゃ！」

それは理性の言葉ではない。もっとも深い場所からほとばしる感情だった。

すでに彼の存在は魂の奥底にまで刻まれている。彼なしの生など考えられない。彼のいない世界など、それが地上であれ天上であれ地獄であれ用はない。

「そちと一緒が、いいのじゃ……！」

ぐずぐずと鼻をすすって言う。どこにでもいる無力な小娘のように。快楽に溺れるよりも、ずっと魔王にふさわしからざる醜態かもしれない。

「……ルシア」

ウィルは挿入なかばで動きを止めていた。

すぅーっと息を吸う。


スパーン！


思いっきり平手で尻を叩かれた。

「おふぅぅうぅッ！　な、なんじゃいきなり！」

「黙れへっぽこ魔王が！　もう一発食らえ弱虫雑魚魔王！」

スパーンスパーンと二発叩かれた。

「おひぃぃいッ！　真面目な話をしておるのに、なんじゃそちはぁ！」

「うるさい負けブタ！　おまえは俺をだれだと思ってる！」

スパパパパーンと往復尻ビンタ連発。

ルシアは潮を噴いた。

そして反り棒の侵攻が再開する。

「んぉおおおおッ、なんかいつもより太くなっておるぅ……！」

「おまえの見立てなんかアテになるか！　俺は魔王を二度倒して魂の隅々まで徹底的にメスブタにした男だぞ！　肉のしとねぐらいで死ぬと思ってるの、かッ！」

最奥へ到着。

スパーンと尻叩き。

速攻で抽送開始。

見事な連続攻撃にルシアは即イキした。

「ひあぁあぁあッ、なんか強引にイカされたぁあああぁあッ！」

「おまえごときが俺を吸い殺す？　自惚《うぬぼ》れるなオラッ！　ブタ穴がガバガバになるまでほじくり返してやるぞ、オラッ！　人類最強なめんなオラッ！」

ウィルの前後動は愛液がしぶくほど激しい。普段より膨張率が高いこともあり、すっかりできあがっていた肉穴には覿面に効く。

「はぉおおおッ、えぐれるっ、ま×こ死ぬぅうッ」

「おまえが死ぬのかよ！　俺が吸われて死ぬんじゃなかったのかブタ！」

スパーン。

「くひぃいいいいいッ！　らって、らってぇ！　このち×ぽつよしゅぎぃい！」

強いなんてものじゃない。まさに最強だ。

たとえ万全の状態で魔神殻を着ていたとしても勝てる気がしない。それどころか神として成熟しても、この逸物を差しこまれただけで音をあげるだろう。

（いや、それどころか……）

触れられただけで膝を屈するに違いない。耳元で「ブタ」とささやかれただけで法悦に達する。もし――「孕め」と、いま言われたら、きっともう拒めない。魔王にそう思わせてしまう男なら、魂の吸収にも耐えてしまいそうだ。

――なら、受け入れてしまおう。

彼の気持ちを腹の底で受け入れ、子を孕み、幸せな家族に――

「ぁあああぁッ、でも、でもぉ……！」

ルシアは指を噛んで蜜肉を穿たれる快感に耐えた。

自分の過去なら捨てても構わない。もとから執着心などない。

でも――彼の過去は、はたして捨てていいものなのだろうか。

「そ、そちを地獄に落としたのは、わらわじゃぞ……！」

最後の一線がそこにある。その一線を守るために、捨てたはずの魔王の矜持を掘り起こした。凜と表情を引き締め、振り向いて肩越しに彼と見つめ合う。

「わらわは魔族どもにうんざりして、魔王として生きることに飽き飽きして……じゃから、百竜の剣を人間どもの手に渡るように仕向け、わらわを殺しうる人間を育てさせて、当てつけのように人間に殺されるつもりじゃった！」

彼は腰遣いをゆるめ、真剣に話を聞いている。

それでも男根は太く熱く、無限のエネルギーを感じさせた。脆弱な人間がこれほどの生命力を手に入れるまでに、どれほどの地獄を見てきたのだろう。

（なのにわらわは……ウィルの与えてくれる快楽をブヒブヒと貪るばかりで）

他人を省みない自分のブタブタしさに後悔が尽きない。

「わらわのワガママのせいで、そちは地獄を見てきた……その過去をすべて投げ捨てるつもりかえ？」

彼を愛しいと思えば思うほどに罪悪感が湧いてくる。

彼を咥えこんで、しとどに蜜を流す浅ましさにうんざりする。

凜々しく保った顔も崩れだした。ぐずぐずと泣きだす子どもの表情に――

「……なるほどな。理解した」

ウィルは目を閉じ、静かにうなずく。

ふたたびまぶたが開かれたとき、その瞳には強い意志がこめられていた。

「ひとつ、おまえは勘違いしている」

「ふえ……？」

彼の腰が大きく円を描いた。小穴が無理やり広げられる感覚に、ルシアはアヘ顔をさらしかけたが、「んほっふ」の喘ぎひとつで表情を取りつくろう。

「たしかにアレは地獄だった……だが！　その地獄があったからこそ、俺はいまこうしておまえを犯してるんだ！」

ウィルは精悍な顔で言いきって、円運動と尻叩きの連撃。

ルシア、「おくッ、おへふおッ」の喘ぎふたつと全身痙攣で表情をキープ。しかしそれも砂上の楼閣と思えた。尻叩きがあまりにリズミカルなのだ。

スパパン、スパン、パン、パパン、と。

「俺はいま、確信した！　俺が強くなったのは、魔王を倒すためでも人類を勝利に導くためでもない！　おまえを倒して、いじめて、メスブタにして、孕ませて！　幸せな家庭を築くためだけに俺は強くなったんだ！」

「な、なんか因果関係にねじれがあるような気が！」

「反論するなオラッ！　いつもみたいにブタアクメしろオラッ！」

スパパン、スパパン、パン、パパン。

「んッほひッ、んんぅぅううッ、し、しかし、しかし！」

それで本当に納得できるのかと、ルシアは問おうとして、やめた。

彼は感涙を流して打ち震えている。

自分のたどりついた結論にすべてが報われたというように。

「そうだよ……なにも無駄じゃない。あの日の冷たさも、熱さも、地獄の日々もなにもかも、おまえに会って、おまえを手に入れるためのものだったんだ……！」

だとしたら――

（わらわの怠惰も傲慢も、心ない仕打ちもすべて、すべて……）

ふっとルシアの体からこわばりが抜けた。手足も背も、表情すらも。

目を細めた安らかな笑みで、ルシアは身を傾けた。結合部を軸にして半転し、仰向けの姿勢でウィルに手を広げる。

「わらわは……そちのものになるために生きてきたのじゃな」

「そうだ……おまえの負けだ、魔王ラズルシア！　おまえはもはや俺と生きるしかない！　俺と俺の子のために生きろ！」

正常位で向き合うや、ウィルの顔が近づいてくる。

「俺もおまえとおまえの子のために生きてやる……！」

その言葉で両者の距離は消えた。

股ぐらで深く繋がりながら、唇はほんのり触れるだけ。その慎ましい接触は、魔王として生まれた神の幼体をただの乙女に変えた。

「はい……わらわの、たったひとりの旦那さま……」

ただただ幸せな気持ちに包まれて宣言する。


「ルシアはあなたの子を孕みます……」


魂をかけての宣言に応じて、ルシアの体が異変をきたした。

下腹に刻まれていた魔性の紋様が輝き、蠢きながら変形していく。刺々しいばかりの呪印から丸みを帯びた形状——受精を待ち構える子宮の反映に。

連鎖的に襞穴が猛然と脈打ってペニスを掻きむしる。

「うくッ……！」

「だ、だいじょうぶかえ、旦那さま……！」

「いや、だいじょうぶだ……気持ちよすぎるだけで……！」

これまでルシアを狂わせてきた性豪が一瞬にして余裕を失っていた。

覚醒した魔王の膣は子種を奪うのに最適な構造に変化する。

キュポキュポと窄まる輪が最奥への道程にふたつ。

その先で舌のような襞群が愛液を溜めこんで、敏感な亀頭をなめつくす。

亀頭のエラを集中的に取り囲むのは、麦粒程度のコリコリ感。とくに裏筋には豆ほどの大きい粒が当たる。

そしてトドメが、大きく開いて鈴口に吸いつく子宮口。

「うわッ、吸われてる……！　ぢゅぽぢゅぽ鳴ってる……！」

「ほ、ほしがってるのじゃ……！　わらわの子宮が子種を、魂を、旦那さまのすべてを求めておる――！」

「たしかにこれは、魂まで吸われそうだッ……！」

ウィルは心地よさげに苦悶しているが、射精はまだ耐えている。

魔貴族すら三こすり半で消滅する快感の渦に、ただの人間が抗っている。

「ふあぁ、旦那さまぁ……そちはやはり最強じゃ！　ち×ぽも強い！　覚醒魔王ま×こより強い勇者のち×ぽ、見事なりぃ……！　んぅうッ」

肉洞の変化で快感が増したのはルシアも同じこと。締めつけが、襞が、粒が、雄肉に粘着したすべての場所がオルガスムスじみた強い電流を垂れ流す。

あふれ出す液はハチミツのように濃く、しかも想定外の効果をもたらした。

『孕ませたい……孕ませる！　ゆえに――動け、俺の腰！』

ウィルの声が頭に響いた。

同時に抽送が再開する。

「くうぅッ、負けるかぁ……！」

『ヤバい出るわこれマジで気持ちよすぎ……いや、百竜の剣で大技を使うときの負荷を軽減するみたいに、呼吸法でなんとか……！』

肉声と心の声が重なって聞こえる。魂を吸おうとしているためだろうか。

なんだか恥ずかしい。彼の胸中がたやすく覗けてしまうのは。

「んっ、あぁあッ……！　旦那さまぁ……！」

ついっと赤面で目を逸らす。

前後動にわずかなブレが出た。

『あーいまの可愛い……！　可愛すぎて俺もう死にそう』

死ぬほど恥ずかしい声が聞こえた。

彼は歯噛みで険しい表情をしているが、心中は花園で踊るがごとしだ。

『なんでこんなに可愛いんだよコイツ』

『やっぱり天使だ……俺は天使と出会って、いままさに天国にいるんだ』

『天使！　女神！　俺だけのいたずらな妖精！　イヤッホウ！』

『オッパイもデカい』

『揺れすぎ。見てるだけで射精しそう』

『天使に子どもを産ませる幸せ男、その名はウィルベール・ヒンリクタス！』

『あッヤべ、いまイキかけた』

『そりゃこんな世界最可愛すぎ魔王だからイキたくもなるわ』

『可愛くて、きれいで、いやらしくて、気持ちいい、俺のルシア……』

『あ、なんか顔真っ赤になってアワアワしてる』

『どこまで可愛くなるつもりだ……おのれ魔王』

死ぬ、と思った。心臓が爆発四散しそう。こんな羞恥責めはいまだかつてない。下腹まで羞恥に熱く沸き立っている。

加熱された粘肉に搔きたてられたのか、ウィルの往復摩擦が激化していく。

「よし、要領がわかってきた……！　これなら耐えられる！」

「あんんッ、ひあぁあッ！　あーッ、ぅあーッ、ぁあああぁあッ」

『おお、ルシアの顔がトロットロになってきた！　可愛い！』

心の声と突き攻めが一緒くたになってルシアを狂わせる。

本調子に戻ったウィルの腰遣いはさすがの一言だ。ただ前後させるだけでなく、角度をつけて弱い部分を狙い撃ちにする。複雑な襞構造のために、かえって弱点は増えてしまっている。

『このあたりを細かく擦り擦りすると、ルシアが可愛い顔する』

『この襞はカリ首でそぎ取るみたいにすると、ルシアの喘ぎが超可愛い』

『ちょっと大振りでオッパイ揺らしてみよう……よーし、エロ可愛すぎる』

『一番奥はぐぅっと押しあげるみたいに圧迫したほうが、ルシアの可愛らしい口のなかでちっちゃい舌がヒクヒクして……』

ルシアは愉悦に細顎をあげ、濡れた口腔を晒していた。

そこに彼の舌がしゃぶりつく。

「んっ、ちゅあぁあ……！」

口舌がもてあそばれ、たがいに言葉は出せなくなるが、彼の心の声は聞こえてくる。

初恋の相手の口がどれほどおいしいか、どれほど幸せな気分なのか――脳が破裂しそうな勢いで、喜ばしげな想いを送りこんでくる。

（ど、どんだけわらわのことが好きなのじゃ……！）

ルシアは悶死するほど恥ずかしがりながら、みずからも舌を絡めていた。恥辱はいつも悦びをもたらしてくれるから――彼の唾液をすすって飲みこみもした。

彼の心に触れるたびに細腰をよじって奉仕し返した。

「んっふ、ふちゅっ、旦那ひゃまっ、ちゅっ、ぁあんッ」

「ルシアっ、ちゅくっ、ルシアるひあふひあッ、るっちゅ、るっちゅ」

ふたりはたっぷりキスを愉しんでから口を離した。

見つめ合う。

(わらわじゃって、わらわじゃって……)

心の声は一方通行で、こちらからは相手に伝えられない。

恥ずかしくてプルプルするけれど——肉声を使うしかない。

「——愛しております、旦那さま」

言った。言っちゃった。死ぬほど恥ずかしい。

だがルシア以上にウィルの心がすさまじい変化を起こす。

『————————————————ッ!』

その感情はもはや言葉にならない。

大爆発だった。大洪水だった。混沌の渦だった。

ウィルにできることは、もはや動くことだけだ。

真上から全力で腰を叩きつける暴力的な肉溝掘削。

「ひあああッ! 激しッ、あぁああッ、旦那さまッ、ひゃうぅぅうッ!」

「孕めッ! 産めッ! 受精しろッ、妊娠しろッ! オラオラッこのブタッ、可愛いブタッ、俺のブタッ、天使ブタッ! 天使可愛いブタ可愛い魔王ブタブタブタブタ超可愛すぎだろ犯すぞっていうか犯してる！　俺はいま超可愛い天使犯してるだろなんだこれ畜生なにが愛してるだ俺も愛してるよクソクソクソ大好きだオラッ！」

ウィルが壊れた。

少女の小穴を壊さんばかりに突き降ろす。ベッドの反動を借りて引き抜き、また突き降ろす。華奢な股まわりがたくましい牡の股に潰され、小尻がベッドに埋もれてビクビクわななく。

「あぁーッ、あぉおおッ、おひぃいいッ！」

まるで虐待だ。暴力だ。そういうノリがルシアは大好きである。

愛液が大量に分泌して潤滑を増し、粒立ちで雄棒をせっせとついばむ。男の肉が好きで好きでたまらないというように。

（好きっ……好きじゃっ……！　ウィルも、このち×ぽも……！）

あまりの乱暴さに魔力で強度を増してあるはずのベッドがきしんでいた。

自分とウィルとベッド、最初に果てるのはどれだろう？

「ぁあああッ、わらわはもうダメじゃ……！」

ルシアは彼の腋から背中に手を回し、細脚を腰に絡め、力のかぎり抱き寄せた。密着すればよくわかる——彼の全身が限界間近の震えをきたしていることが。

「あぁああッ、旦那さまッ、イクのかえ……？　わらわをとうとう孕ませてしまうというのかえ……ぃんんんんッ」

「そうだッ、当然だルシアッ！　俺の子を孕んで、俺とずっと一緒に暮らしていくんだ！　この変態ドM女、一生おまえを満足させてやる！」

「孕みますっ、産みますぅう！　はひぃいいッ、くださいっ、受精させてくださいッ、妊っ、にんしんぅうッ、孕むぅうう！」

ベッドをきしませ、部屋をきしませ、空気を攪拌する。それらすべてが準備運動にすぎない。女を受精させるための。男の種で孕むための。

ぶわりと限界以上に膨らむ肉棒が、助走の終わりを告げた。

「孕めッ、ルシアぁッ……！」

ウィルは全身を硬直させた。肉棒が最奥を殴りつけ、停止し——沸騰する。

びゅうぅーッと激しく射精が始まった。

昂ぶりきった奥の院に熱と衝撃を受け、ルシアの頭が真っ白になる。

「んぁあッ、旦那さまッ、旦那さまぁッ、だんなさまぁあぁあぁああッッ！」

全身が痺れあがった。雄汁に撃ち抜かれて法悦の極みに達していた。

子宮口がしっかり鈴口を包みこんで子種を逃がさない。それどころかぢゅぢゅぢゅぢゅと吸いあげる。ゴクゴクと嚥下する。蠢いて咀嚼すらしていた。

『おおぉッ、吸われるっ、俺のすべてが……！』

ジュプッ♥
ジュプッ♥
はぁっ…
きゅううん♥

ウィルは魂を呑みこまれる快感に全身を打ち震わせていたが、

『でも、まだだ！　俺はルシアと一生添い遂げる……！　幸せに暮らしつづけて寿命を迎えるまで死ぬものか！　思い知れ、魔王ま×こめ！』

射精の最中でありながら、彼は腰をねじって肉壺をかき混ぜた。ルシアの小さな体を押し潰し、豊かな乳房が邪魔で密着できない分は腰を擦りつけて補う。

体重をかけて、深く深く串刺しにして、ひたすら粘液を注ぐ。

それは魂を捧げる行為でなく、愛情で蹂躙する攻撃だった。

「くひぃいぃいッ、ぃはぁあぁッ！」

苛烈なまでの性感がバチバチと荒れ狂って、ルシアの目の前が何度も白む。

「さっ、さすが旦那ひゃまぁあぁッ！　魔王ま×こ負けてるっ、搾っても搾っても搾りきれないぃいぃッ！」

死亡必至の種付けですら彼を殺しきれない。

もはやこれはルシア個人でなく暗黒神群の敗北だ。

無限の精、無尽蔵の生命力、底なしの魂――ウィルのすべてにルシアは屈した。

――ちくっ。

精液で膨れあがる子宮に、なにかが刺さる感があった。下腹の赤い妖紋が突然に赤みを増し、輝きだした。結合部からゴポリと濁液があふれるのは、子宮に収める必要がなくなったからだろう。

「あぁああッ、いま、受精したぁ……！」

絶頂の極みで過敏化した魔王の知覚力が、たしかにそう感じとった。

涙が出るほどに幸せな実感だった。ルシアは彼にしがみつき、頬ずりをしながら、両手でピースをした。それは喜びを示すサインだから。

「旦那さまとわらわの子が、腹にできた……もうわらわの腹は名実ともに旦那さまのものじゃ……旦那さまの子を授かるためだけに生まれた器官じゃ……」

「ああ、俺の子か……ルシアが俺の赤ん坊を……」

ウィルの呟きは多くを語るものではないが、深い感情を宿していた。

『俺……生きてきてよかった』

つらい人生だったのだろう。

魔を憎むことでようやく耐えられたのかもしれない。

ルシアは感極まって、ちゅっちゅと彼の顔にキスの雨を降らせた。

「一緒に……幸せになるのじゃ」

すると強く掻き抱かれた。

負けじとルシアも強く抱きしめた。

性器と性器でつながり、体液を混ぜ合わせながら。

強く、強く、想いを確かめ合うように——


ふたりは溺れるほどキスをした。

舌が腐るほど甘い言葉を吐いた。

種付けの余韻を楽しむべく二回戦は控え、ただただ睦み合いに興じ——

冷静になってから、ルシアは恥ずかしさのあまり絶叫した。

「ふっ、ふおっ、ふおおぉおおおぉおおおおッ！」

「ほぅおおおぉぉおおぉおおおおおおおおぉぉッ！」

ウィルも気持ちは一緒だったらしい。心の声も羞恥に発狂気味。

「くくく悔しいのじゃー！　あーもうッ、人間に孕まされてしまうとは、先代方に申し訳が立たぬ！　最低じゃーキモいのじゃー！」

「ばばばバカめッ！　貴様は今日から妊娠ブタだ！　安産できるように栄養だけはたっぷりなクソまずいメシを毎日食わせてやる！　精液とか！」

「痴れ者がッ、それはただのご馳走じゃろうが！」

「そういえばおまえの味覚そんなんだったな！　根っからのブタめ！」

憎まれ口を叩き合う空気の、なんと生ぬるいことか。睦み合っているときと大差ない。それはもしかすると、彼の心の声が聞こえるからだろうか。

『好きすぎてもうわけわかんねぇ』

気持ちはルシアも同じだった。

「オラッ、ここからが本番だッ！　腹がはち切れるまで中出しして双子、いや百人ぐらい赤ちゃん仕込んでやる！」

「百人はさすがにはみ出すのじゃ！　絶対に孕んでやらぬ！」

「オラッ百裂突きッ」

「おひいぃぃッ即イキ百人受精するぅううぅ！」

ふたりのイチャつきはまだ始まったばかりだ。

# エンディング　地上最強のカップル

種付けの日から翌日にかけ、ウィルは一睡もせずにルシアと抱き合った。

一心不乱の交尾合戦に全身全霊をかけた。

「後ろから突かれるのが好きなブタめッ、窓から手を振ってやれ！　あそこにさっきの戦いで落ちた魔族がいるぞ！」

「はぁおおッ、わらわが屈辱にむせび泣く姿が外に晒されておるぅッ！」

後ろから突くときは当然のように尻を叩く。痛いぐらいで悦ぶブタなのだ、この魔王ラズルシアという生き物は。

だが中出し一発で落ち着くと、すこし申し訳ない気分になる。

だから次は彼女を膝に乗せて向き合い、頭と尻を撫でていたわる。

「ちょっとやりすぎたかな。つらくないか？」

「んぅ、だいじょうぶじゃ……わらわこそすまぬ、嫌がりすぎた。本当はの、わらわじゃっての、そちにいじめられるのは……大好きなんじゃぞ？」

頬を赤らめ、唇をついばみ、手と手を重ねて――

中出し後、冷静になってまた発奮。

「……なんて甘いこと言ってやるのはこれまでだ！　ブタめッ、城中連れまわしておまえの見覚えのある場所全部におまえの潮を振りまいてやるッ！」

「んぅううおおぉッ、ち×ぽで潮噴きさせるこの絶技ッ！　なんと極悪な折檻戦士じゃッ、もう悔しくて潮が止まらぬぅううッ！」

後ろから抱えあげて城を歩きまわり、潮噴きポイントを連打。あちこちに魔王汁のマーキングを施してやった。

しかしさすがに時間がかかった。空きっ腹も鳴く。

厨房と氷室を行き来してハメながら食事した。

「さすがに氷室は寒いな……ルシア、もっとくっつけ」

「あっ、あったかいのじゃ……旦那さまの体、ポカポカじゃ……」

「ココはもっと熱いぜ？　オラッ、ズボズボしたらもっと熱くなる！」

「やぁんっ、旦那さまの意地悪ぅ。もう大嫌いじゃ！　……うそ、大好き☆」

おたがいにパンを千切って食べさせたり、口移しで食べさせ合ったり、彼女の口にシチュー代わりの精をぶちまけてやったり。

エネルギー補給が済むと、今度はまた飼い主とブタに戻った。

その後は反動でイチャつきまくる。

そのくり返しで飽くことなく交わった。尽きることなく精を注いだ。自分のどこにそれだけの体液があるのか不思議なほどに、ひたすら出まくる。

夜が更け、日が昇り、また暮れる頃には限界が見えてきた。

「最後はここでアクメしろッ、ブタルシアッ！」

折檻モードで座するのは無駄に大きい玉座。

ウィルは縁に腰を下ろして、股の上でルシアをもてあそんだ。胸板に薄い背を預けさせて、崩壊した広間と向き合わせながら、ねじりハメでよがらせる。

「ぁああッ、いつも臣下にかしずかれていた場所でこんな痴態を……！」

「どんな気分だ？」

「最高！　もとい、最悪じゃ！　そちは本当に極悪非道の凌辱魔じゃ……！」

客観的に見ればそのとおりだろう。彼女の脚が開けば、丸一日分の精液が大量に糸を引く。小造りな裂け目は痛々しいほどに開きっぱなし。抽送すれば泡立った白濁が何度もあふれ出した。そのたびに常識外れの精子量で膨れた腹がすこしへこむ。獣の交尾でもここまで無惨ではない。

「これでもうわらわを王と呼ぶ者はおるまい……人間に犯され孕まされブタにされた転落ブタ、略してブタブタじゃ……玉座においてすら、わらわは貪られることを止められぬ。しかも、それどころか……」

ぎゅぽ、と膣が窄まった。彼女の精神状態がブタから切り替わった合図。

「わらわはわらわをブタにした男を旦那さまと呼び、心から慕っておる……世界中のすべての魔族よりも旦那さまと、旦那さまのち×ぽがだーいすきじゃっ」

ルシアは顔を斜め上に傾けた。舌なめずりはキスを求める合図。

なんてかわいらしいおねだりだろう。ウィルは上から顔をかぶせて舌を吸った。吸わせて、唾液を飲ませて、飲み返した。

(もっとだ……俺から大切なものを奪おうとした罰に、もっと見せつけてやる)

黒夢馬《ナイトメア》はいまだにふたりの交尾を夢として魔族たちに投射している。

ウィルは暗い情熱に突き動かされ、後ろから乳房を揉みしだいた。この柔らかさも重みも彼らは知らないだろう。中襞の絡みつきも、液汁のぬめりも。

「ルシア……おまえは俺だけのものだな?」

「そうじゃっ、あぁんっ！　んはぅッ、わらわは旦那さまの、ウィルベール・ヒンリクタスのものじゃッ！」

「大きな声で！」

「わらわはー！　愛するウィルさまだけの飼いブタじゃー！」

違う。そうではない。乳首をねじって否定した。

「ぁああッ、ち、違うのかえ？　わらわは旦那さまのブタでないのかえ？」

「いまは違うだろ。ブタなんか汚らしくて孕ませられるか」

「ぅうんッ、仕方ないのう……わらわはウィルさまのかわいいお嫁さんじゃー！」

「そうだ！　俺の妻だから種付けしほうだいだ！　いまからまた中出しするから、俺以外のやつらは指をくわえてただ見ていろ！」

ウィルはルシアの小軀を折りたたむように強く抱きこんだ。柔乳を握りしめ、肉槍を深く押しこめる。

――絶対に離さない。

彼女の甘い体臭を鼻いっぱいに吸いこんで、ウィルは射精した。

「くぅうぅうッ……くふふッ、ぁあんッ、もう孕んでおるのに孕ませる気満々の濃厚汁ぅッ……！　濃くてプルップルのせーえきお腹いっぱい、幸せぇぇ！」

そしてルシアも頂点に達した。腹をぽっこりと丸くしながら。

ただイクだけではもったいないので、ウィルは彼女の細腕を握りしめる。

「幸せならやることがあるよな？」

ルシアは最高潮の愉悦に表情を引きつらせる。とろけながらも不自然な震えを残した、彼女らしい二律背反のほほ笑み。

「わらわは幸せの絶頂じゃ……ぴーす」

両手の指を二本ずつ立てる。太陽神を意味する人差し指と、月光神を意味する中指。

暗黒神群の幼体たる魔王の権威はこうして粉微塵となった。

瓦礫の下から哀れなすすり泣きが聞こえたかもしれない。


それからプラス十回の中出しで、ようやく勇者の肉剣も力尽きた。

言葉もなく玉座に身を投げ出す。人間には大きすぎるおかげで楽々と寝そべることができた。ルシアが口で掃除もしてくれて至れり尽くせりだ。

「うんっ、ちゅっ、れちゅっ、んぅう……のう、ウィル。やはり、の？　わらわはお嫁さんであるとともに、ブタであることも確かなようじゃ。すべてを台無しにした喪失感に鳥肌が止まらぬ……くふふッ、くふふふふッ」

「うんまあ、どっちでもいいよ。どっちも好きだし」

「……素面《しらふ》のときにそれは一番過酷な責めじゃろうに、痴れ者が」

双方、気恥ずかしくて目を逸らした。

ふわりと独特の気配が玉座の肘掛けに現れる。満面の笑みの、ヒュドラ。

「これにて魔王は完全敗北。ボクの復讐も果たされた――ということに、特別サービスでしておきましょう」

「わらわが言うのもなんじゃが……それでいいのかえ？」

ルシアは言いながらちゅっちゅと亀頭にキスをする。お返しにウィルも彼女の尻を叩いてやる。見つめ合い、ほほ笑み、はにかんで目を逸らす。ラブラブだ。

「……微妙にウザいのでひとつ教えてあげましょう。魔王ラズルシア、あなたの腹に注がれた子種には濃厚な竜の力が宿っています」

「む……それはもしや」

「赤子に暗黒神の魂が宿ることを阻む力です。あなたは魔王の役目を満了すること叶わず、天上の暗黒神へと昇華することもありません」

ニィ——と、ヒュドラの口が裂けんばかりに吊りあがる。

「これにて魔王の系譜は断絶——だから復讐は果たされたと言ったのです」

百体の竜の怨念を煮固めたような禍々しい笑顔だった。

恐る恐る、ルシアが訊ねる。

「子ども自体は生まれるのじゃな？」

「闇の力ぐらいは宿るでしょうが、竜の力と拮抗するでしょうね」

「なんじゃ、それならよし。じゃな、ウィル？」

「普通に俺とすごせるならむしろ万々歳だな。愛してるルシア」

「またすぐそういう恥知らずなことを……わらわも愛しております、旦那さま」

「ルシア……」

「旦那さま……」

ふたりの顔が近づいていく。半眼無表情に戻ったヒュドラの真ん前で。

そのとき、号泣が鳴り響いた。

瓦礫の下で魔族が喚き散らす。獣じみた蛮声で、魔族の歴史が終わったというようなことを言っているらしい。

「まあ、終わりでしょうね。あとはジワジワと削り殺され絶滅か、人間の奴隷となるか――これにてウィル坊やの復讐も完遂。あとはまあ、ご自由に。おふたりでクソみたいな愛の語らいをクソ愉しんでくださいクソが」

「言われなくても。俺たちの人生はもう愛と快楽の坩堝だ」

な、とウィルはルシアに同意を求めた。

だが彼女はすぐに返事をすることなく、思案げに虚空を見ている。

それは愛を語らう恋人でも、被虐を求めるブタでもない。物憂げに遠い目をした薄幸の美少女といった趣だ。

(前に月を見てたとき、こんな顔してたっけ)

彼女の言葉がどんなものであろうと、真摯に受け止めたいと思えた。

「ウィルは……竜の郷の戦士として役目を果たして、わらわと結ばれた。百竜の剣は魔王の系譜を断ち切り、あとはなんなりとするのじゃろう。ならば……わらわも王として、最低限やることはやっておくべきかもしれん」

尊厳も矜持も過去もすべて断ち切り、踏みつぶしたはずだった。

だが、それでも彼女の魂は本来、魔王ラズルシアなのだろう。

それを悲しむでもなく、ウィルはむしろ好ましく感じた。

(俺は……いろんなルシアが全部好きだ)

力強くうなずき、彼女の手を握りしめる。

小さな指が絡みついてきた。ルシアの顔には安堵の色が浮かぶ。

「ありがとう、ウィル……なに、すぐ終わるから心配するでない」

「終わったら旅をしよう。お腹の子と一緒に暮らす場所を探すんだ」

この先、どんな苦難が待っているかわからない。

それでも臆することはなにもない。

地上最強の戦士と魔王がともにいて、できないことがあろうものか。

# 後日譚　人魔の村の幸せ一家

海の向こうの大陸で人と魔の決戦があった。

数ではるかに勝る人類を蹴散らす一騎当千の魔族たち。

そんな戦況を覆したのは魔城の決戦――勇者が魔王を討ち倒したのだ。

王を失った魔軍は降伏すらできず、人類軍の物量に擦り潰されていく。命を取り留めた魔王が降伏宣言をしなければ、魔族は絶滅していたかもしれない。

かくして世界に覇を唱えた魔族の治世は終止符を打たれた。

魔王の姿はいずこかへ消えた。

勇者もまたすべての栄誉を投げ捨てて旅に出た。

「彼らは一体どこへ消えたのでしょう。まだ戦いつづけているのか、神群の末席に迎えられたのか、それとも戦いに疲れて平和な世界に移り住んだのか……」

——と、姉ちゃんは話を区切る。

夜のベッドで顔を突き合わせて、ぼくは姉ちゃんの寝物語を聞いていた。

「どうかな、ラズ。お姉ちゃんの声かわいかった？」

「もうその話飽きた。何度目だよ」

「同じ話でもお姉ちゃんのかわいー声がつけば全然べつでしょ？」

ぼくは冴えたままの目を半開きにして姉ちゃんを睨んだ。

姉ちゃんは満面の笑み。母さんとよく似てめちゃくちゃ可愛らしい、というのは村の魔族の子どもが言っていたこと。見慣れたぼくにはよくわからないけど。

「ていうか、もう子どもじゃないからひとりで寝られるし」

「えー？　でもお姉ちゃんはラズと一緒に眠りたーい」

姉ちゃんはぼくに抱きついて頬ずりをしてきた。ぺちゃりと粘りつき、汗を吸いとる。それが気持ちよくて、恥ずかしくて、ぼくはことさら声を荒げてしまう。

「離れてよ、スライム肌ベタベタするし」

「お姉ちゃんはラズの毛穴の汚れまで食べてあげてもいいのに……」

姉ちゃんは不満げにむくれた。ほっぺは月明かりをかすかに透かしている。

知能のあるスライムは村で姉ちゃんだけだ。そもそも人間の姿になれる時点で特殊なスライムらしくて、それがぼくにはすこし自慢だけど、正面きって言うのはやっぱり恥ずかしい。だから、背を向ける。

「だいたいさっきの話、信じられないし。人間と魔族がそんなに争うなんて」

「この村しか知らないラズはそう思うよね」

くすりと姉ちゃんは笑う。

「魔族にもいろんなひとがいるの。人間を見下す者、憎む者、人間が好きじゃないけど争う気はない者、人間に興味を持っている者、好意を持っている者……比較的友好的な者が闇の大陸を追い出されて、この村に流れ着いたのが六十年前」

ぼくが生まれるずっと前。感覚としては大昔だ。

「このあたりの人間は魔族の被害に遭ったことがなかったから、彼らを優しく受け入れることができた。奇跡の村とママが呼んでいるのはそのせいね」

「じゃあ……父さんと母さんは、どうなの」

「パパとママはラブラブよ。知ってるでしょ？」

「でも……」

そのとき、ぼくの声は震えていたかもしれない。

「ぼく……聞いたんだ。父さんが夜中に、納屋で母さんをいじめてる声」

恐ろしい記憶に鼓動が速くなる。落ち着かなくて胃が重い。吐きそう。

父さんは人間なのに村一番の狩人で、とても勇敢で、気さくで。ぼくの自慢の父さんなのに——あの日、納屋から聞こえてくる声は別人のようだった。

「母さんをブタ呼ばわりして……折檻してやるウハハハハって高笑いを」

「あー、アレ聞いちゃったかー。しょうがないなぁ、あのふたりは……」

「知ってたの？　父さんが母さんをいじめてるって……」

父さんと母さんは村でも話題のおしどり夫婦だ。

ぼくだって仲のいいふたりが大好きだ。だから余計につらいんだ。

「納屋からスパンスパンって叩いてるような音がして、やたらとリズミカルで、あと納屋めちゃくちゃ揺れてて壊れるかと思った……むしろ母さんが壊れちゃうよ！　実際母さんも壊れるのじゃーとか死ぬーとかヒギィとかブヒィとか……」

泣きそうになったぼくを、姉ちゃんはまた抱きしめた。

「だいじょうぶ……パパもママも心の底から愛し合ってるから。ゴハンのときだっていまだにハイ、アーンとかしてるぐらいだし」

「でも、考えてみたらあの日は母さんも変だった……夕飯のとき父さんが皿を落としたら、愚かしいとか痴れ者とか使えない夫じゃとか意地悪言って」

「それはまあ、誘ってるというか、夜がんばっちゃおうのサインというか」

「わからないよ……やだよ……父さんと母さんが喧嘩するなんて……！」

体を丸めてしゃくりあげる。

後ろで姉ちゃんがため息をついた。

「クロ、いい夢見させてあげて」

姉ちゃんが指を弾くと、馬小屋のほうでヒヒーンとクロが鳴く。

ぼくはクロの生み出す夢に呑みこまれていく。

みんなで仲良くピクニックに行く夢。みんな笑顔でお弁当はおいしくて、とても幸せな夢。ぼくと姉ちゃんとパパとママとクロ、あとヒュドラ先生と――

そして、もうひとり――

†

ドア越しにラズルベールの寝息が聞こえてきた。

これで一安心と思いきや、ジェリーの皮肉が飛んでくる。

「もうちょい周りには気を配ってね、パパ、ママ――愛してる」

スライム特有の静かな気配がさらに慎ましくなる。彼女も眠ったのだろう。

ウィルは深々と嘆息した。

ついでにルシアの尻に、ぺちりと平手一発。

「おふぅんっ、らめぇんッ」

「今後は納屋を使うときもっと気をつけるぞ、ブタ」

「そちこそ気安く叩くでないッ、わらわをだれじゃと思っておる！」

尻にまたぺちり。ついでに膣を浅めにぼちゅっと突く。

「くふぅんッ、お腹に響いちゃうぅッ」

「問題ない、俺たちの子だ」

今度は優しい手つきで腹を撫でてやる。

エプロンをぼってりと膨らませる孕み腹。相変わらず腕も脚も細いのに、腹と胸ばかりが熟しきっている。自分が育てた体だと思えば興奮も倍増しだ。

「ほらほらっ、子どもたちに聞かれないようブタ声を抑えろ」

「ぉうッ、ふひぃッ、そんなこと言って腰遣いが優しいのう、くふっ」

妊娠した妻を後ろから犯すのも初めてではないが、子ども部屋の前で就寝前からこっそり盛るのは初体験である。おかげで相当、燃える。

交合は義務でもある。定期的に竜気を帯びた精液で胎内を浄化しなければ、闇の太陽が発生してしまう。もちろん腰遣いはほどほどに。我が子の頭は突きたくない。

「ブタを簡単にイカせないよう焦らしてるだけだ」

「なるほど、非道じゃのう、んっふ、最低じゃのう、人の親とは思えぬ鬼畜の発想じゃ……ところで答えを聞いておらぬが？」

はあっ♥
ズンッ♥
ぴゅるるっ!
はあっ♥
ズンッ♥

――わらわをだれじゃと思っておる？

ウィルは回答とともに愛情のたぎりを解き放った。

「おまえはもうすぐ二人目の我が子を産む、俺の可愛い可愛いお嫁さんだ！」

「んぃいいッ、恥ずかしすぎぃ……！　子ども部屋の前で恥ずかしアクメきちゃうぅッ……最低の母親のボテ腹アクメじゃぁああぁあッ！　ひぁあああああッ！」

もちろん妻も一緒に絶頂。せっかくなので乳首をつまんで母乳を噴き出させる。

「デカチチから射精しやがってエロブタが」と言葉責めも追加。

ルシアは恍惚として小さくうなずいた。

「そのとおりじゃ……わらわは可愛いお嫁さんで、みっともない飼いブタで、ドスケベな肉便器で、世界一可愛い子どもたちのママで――」

「世界一強い男に倒された悪の魔王じゃよ」

了

# ツンマゾ!?　最強《さいきょう》ドM《エム》な魔王《まおう》サマ

著者／葉原　鉄（はばら・てつ）
挿絵／神無月ねむ（かんなづき・ねむ）
発行所／株式会社フランス書院
〒102-0072　東京都千代田区飯田橋 3- 3 -1
電話（営業）03-5226-5744
　　（編集）03-5226-5741
URL http://www.bishojobunko.jp

印刷／誠宏印刷
製本／若林製本工場

ISBN978-4-8296-6340-0 C0193

美少女文庫
FRANCE SHOIN

◆◇◆ 好評発売中！◆◇◆

美少女文庫
FRANCE SHOIN

◆◇◆ 好評発売中！ ◆◇◆

美少女文庫
FRANCE SHOIN

◆◇◆ 好評発売中！◆◇◆

美少女文庫
FRANCE SHOIN

◆◇◆ 好評発売中！◆◇◆

美少女文庫
FRANCE SHOIN

◆◇◆ 好評発売中！ ◆◇◆

# 原稿大募集 新戦力求ム!

フランス書院美少女文庫では、今までにない「美少女小説」を募集しております。優秀な作品については、当社より文庫として刊行いたします。

## ◈応募規定◈

★応募資格
※プロ、アマを問いません。
※自作未発表作品に限らせていただきます。

★原稿枚数
※400字詰原稿用紙で200枚以上。
※必ず**プリントアウト**してください。

★応募原稿のスタイル
※パソコン、ワープロで応募の際、原稿用紙の形式にする必要はありません。
※原稿第1ページの前に、簡単なあらすじ、タイトル、氏名、住所、年齢、職業、電話番号、あればメールアドレス等を明記した別紙を添付し、原稿と一緒に綴じること。

★応募方法
※郵送に限ります。
※尚、応募原稿は返却いたしません。

## ◈宛先◈

〒102-0072　東京都千代田区飯田橋3-3-1
株式会社フランス書院「美少女文庫・作品募集」係

## ◈問い合わせ先◈

TEL: 03-5226-5741
フランス書院文庫編集部